當代詩大系 9

青葭集

汪洪生 著

博客思出版社

曠然清坐，信筆而書。

時值深秋，商風清起，微寒襲人，青葭漸蒼，林羽斑黃，晨旭初升，爽意盈襟，曠然清坐，信筆而書，是為《青葭集》之序言也。不當之處，敬請讀者有以教我，余感沛不盡矣。

《青葭集》計分三部分，第一部分為早期詩歌擷取，第二部分為新近詩歌精選，第三部分為隨筆精選。從中可見作者詩歌創作三十多年來之風格演變及作者之思想內涵，內容豐厚，尤其隨筆部分，雖只有九篇文字，而凝結作者半生力學及思考心得與體會，涉及哲學、宗教、文學、人生等諸多方面，絕不負開券有益之雅名，並有諸多超越前賢之思想觀點所在，推薦讀者朋友們一讀。

詩為人心之鼓蕩及謳呼，務求快暢，而作者之身心並顯其中矣。騷雅為我國詩歌之固有傳統，作者於此念念在茲，未敢稍忘也，並努力付諸實踐，此其於《青葭集》中有體現矣。

文貴載道，德當先行，是以道德文章為我國歷來文人雅士之所力倡且踐行者也。簡約為行文之必備，精煉是鍛字之所須，《青葭集》雖只五萬字之篇幅，短小精幹，絕無廢話，皆深思熟慮之所得也。當然，人貴有自知之明，《青葭

集》定有許多不當甚或錯謬之處，敬請海內方家及學者讀者朋友們批評指正，吾謹敬謙以良師事之矣。

余學也不敏，雖以叩道求知為畢生志向與己任，而力學不夠，鑽研不深，涉及面雖廣，而皆一知半解，因此，拋磚引玉，是其宗旨，醜人先露頭，乃為實際。然萬事萬物，皆須有先行之人，於荊棘中闢出一條路來，為後來人之導引，是以余奮力之餘，有此《青葭集》之問世也。短章以序，不復贅語。

汪洪生二零一四年秋序於江蘇省之濱海縣

目錄 Contents

第三部 隨筆精選

第一部　早期詩歌擷取

第一卷　—《青蒼集》

壯士行

夜來有夢，甚為訝異，
晨醒躍起，人物依舊，
如在目前，回思玩味，
餘香可咀，因詩以記之。

江山依舊，
彷彿如有西風，一掃落葉。
蟬鳴桑晚，蛙鼓洲頭。
登小山望遠，天際江水正東流。

翹目長嘯，聲振蘆洲裡。
驚起宿鴻行二三，收翅直上青灘。

落日夕照，晚秋正紅。
惜故國家土，盡受西風。
落葉飄零，沾面如許，

淚灑青衫佇無語。

獨上望江樓，
但長流滔滔，征帆點點。
把豪氣提起，借酒銷愁。
竟和淚吞，伴血飲，
不覺早已醉。酒熱臉紅心發燙，
橫劍氣如牛壯。長嘯嘯音，
把寶劍振響，天地久低昂。

蓼洲趁步，月光冷注。
風吹荻草節節寒，不覺打個冷顫。
醉眼徘徊，信步不知欲何往，
但憑影隨去。

前面遇得老翁來，緩步扶杖篤篤。
向前致問曰：「何以辭秋為？」

老翁長噓歎，攬鬚三頷首。
「生殺由天定，興衰非人為。
陰陽分春秋，寒暑知冬夏。

一年生長勢，至秋氣已微。
天脈該霜降，地氣當冰裁。
須順天然氣，人力不可違。
且等天時至，春風又歸回。
今欲辭秋去，可知不可為。」

聞言長噓歎，熱淚雙泉湧。
本為英雄漢，此事何以堪。
天意不均勻，何以竟殺伐？
萬物生長勢，百草豐茂景，
可憐三秋至，一旦毀於寒。
怒氣衝天外，豎手直插天。
生當鏟不平，死亦為公理。
登天今無路，入地今無門。
不能辭秋去，死亦不瞑目。
生不堪忍秋風景，我今如何為？

願化嶺前梅，傲寒帶雪開。
秋風不能伐，霜雪亦難殺。
休道秋風淫威大，吾自不懼汝。

突兀一株梅，開在雪地裡。
虯枝古幹蒼且勁，幽香飄逸遠。
莫道花已盡，我自帶雪開。
報知眾花草，春天快來了。
待得春風綠新柳，我自悄然褪。

我原不爭春，只報春花俏。
待等春花群爭豔，吾將悄然退。
化作香泥碾作塵，不為人知道。

叩　門

今夜無眠，吟成此詩，
激情流瀉，淚下如雨。

輕輕地我來了，叩擊你的心門。
正如清風吹過，渴望吹起波紋。

久已未寫什麼詩歌，冷落了文藝的女神。
今天我要放歌高唱，激情旋律天際迴響。

讓這質樸言詞，訴出我的心聲。
天上白雲作證，知我滿心純真。

希冀南飛的大雁，捎去我心的真誠。
盼望早春的燕子，帶來你情的溫存。

如果風吹不起波紋，如果你視我為浮塵，
如果註定沒有緣份，只好放飛心的風箏。

也許在不經意之間，失落了一世的情真。
或許夢回驚醒時分，憶起遠方這位旅人。

也許歲月消抹印記，正如風過水面無痕。
我且抖落一身浮塵，繼續人生跋涉旅程。

那麼在我臨行之前，再次祝福你的人生。
願你飛揚美麗青春，永遠保有心的純真。

當你度過紛擾紅塵，天使接你冉冉上升。
在上帝的懷抱之中，你將獲得靈魂永生。

我　願

我願點燃你的心燈，映照這夜的深沉。
雖是小小的一盞，也溫暖這寒徹的冰冷。

我願凝視你明澈的雙眸，守候你心靈的純真。
我願珍重你碧玉的溫潤，作你最親近的人。

我願牽你的手同行，邁進這人生的空曠。
有你我心不會荒蕪，常存綠草豐美芳香。

縱然有風濤洶湧，也定會穩渡安航。
天地間多麼寬廣，總容得下愛的馨香。

我　說

我曾穿越遠古的蒼茫，歷盡豺狼虎豹之疆。
人生是一串長長旅行，踽踽的我仍在獨行。

我曾經歷死蔭幽谷，而今邁向大道康莊。

穿越這煉獄的人世，苦難中錘煉出堅強。

那麼讓意志成為了鋼，讓心發出了光。
縱然四野籠罩著黑，晨星啟示著朝陽。

穿越迷霧的彷徨，雄鷹展翅在高崗。
即便是山中的小草，也吐露清新的芬芳。

絕壁上的松不停止生長，山澗裡的水未忘記流淌。
生命的激流儘管奔放，終將匯入大海汪洋。

珍惜生命中的情緣，邁進在這人生疆場。
如果今生有你相伴，生命將是多麼輝煌。

願世界變得風調雨順，請四季作成和諧交響。
如果你我能牽手一生，會演奏出生命的絕唱。

聽，風又起了！

讓歲月積澱成深厚，讓時空架出了彩虹，

讓思想編織成雲朵，讓激情奔騰如潮湧。

讓靈動閃現在心中，讓變幻模糊了時空，
讓飄逸運行於無蹤，有時卻靜止不動。

雖然是靜止不動，卻不是呆滯沉重。
空靈是我的特質，飛行彷彿似天風。

或許這靈性的清風，吹進你纖敏的心胸。
如果打擾了你的寧靜，別怪罪這位遠方友朋。

邊走邊唱

如果滄桑爬上額頭，如果歲月印證傷痕，
如果苦痛深入眼神，希冀保有我的純真。

就讓老酒儲滿醇真，就讓記憶化作單純。
人生好像風兒吹過，又似駝鈴涉過沙塵。

白雲朵朵該是點綴，煙霞明月伴我晨昏。

人生應該意氣風發，一路揮灑邊走邊唱。

感　懷

昨夜星光明媚，今晨和風蕩吹。
我心大得安慰，理想激情奮飛。

往事何須回味，心潮逐浪翻飛。
舊有正如煙水，不能永遠沉醉。

前路縱然艱危，即使千山萬水。
風景一路閒看，我且獨自陶醉。

人生行跡匆匆，心事倩誰相共？
長羨南飛雁行，和鳴聲聲破空，

意濃濃

意濃濃，情濃濃，
心事倩誰通？

思悠悠，恨悠悠，
相思未曾休。

情未通，恨甚濃，
苦惱在其中。

思雖濃，意甚重，
孤寂負幾重。

無言中，有話說，
流水正洶湧。

獨登層樓望夕陽

獨登層樓望夕陽，關山轉青蒼。
四野風雲多聚合，心境自蕭涼。

回首平生多蒼茫，身心負苦傷。
名利於我何須計，平淡且清涼。

曾經千里走沙場，征程盡莽蒼。
度過山巔有平崗，不復負蒼涼。

生辰有涯多悲苦，何妨放歌唱？
獨對暮煙且沉吟，化作詩奔放。

但願歌聲四野揚，天地作交響。
丈夫有志未輕忘，待時發清響。

展望前路盡沙崗，山水非等閒。
英雄立志驅虎狼，攜刀赴戰場。

歲月蒼愴多苦辛，悲歡且淡忘。
輾轉身心是平崗，詩篇具遺響。

天地風雷多激盪，悲風久低昂。
壯志未酬今休論，傾心作詩章。

人生貴在有思想，念念未能忘。
踐行實踐憑理想，學識作導航。

歷盡滄桑是思想，愛好作詞章。
淡泊身心多鎮定，理應把詩唱。

願寄東風行萬里，歌聲天外揚。
人生短暫又何妨，日日把歌唱。

但得吟詩並歌唱，心態自飛揚。
瀟瀟灑灑是人生，名利稍淡忘。

一任文思如泉湧

一任文思如泉湧，心事轉空朦。
由來四大本是空，道麼西與東。

人生行跡自匆匆，與誰路相逢？
回首悵望來身處，鎖在煙霧中。

縱然歲月影無蹤，心潮且洶湧。
揚帆鼓浪向前行，去向白雲中。

飄泊心跡無尋蹤，倩誰道相同？
孤身隻影且行去，是在空山中。

回首平生話莽蒼

回首平生話莽蒼，抬眼望前方。
縱然四野已斜陽，關山陣陣蒼。

好漢不懼走高崗，一生驅虎忙。
由來心跡道不得，獨自叩上蒼。

自經離亂負滄桑，心態轉蕭涼。
一任狂風起沙場，閒立在山崗。

人生苦短行路長，鼓勇向前方。
須學雄鷹搏風雨，展翅平天翔。

又是一年芳菲季

又是一年芳菲季，東風盡情吹。

踏春長驅幾千里，九江甫自歸。

廬山壁立雄千里，江西風光美。
最憶山水絕佳處，瀑布三疊飛。

琵琶亭前看江水，煙水正迷離。
潯陽樓上尋宋江，壯志天外飛。

但覺好風盡情吹，惜無群鳥飛。
長望江山好風景，心逐白雲飛。

又到石榴花開時

又到石榴花開時，好似紅霞飛。
對此佳景余心醉，一時心安慰。

猶記去年石榴開，結果七八枚。
今年花發勝去年，應多結幾枚。

石榴好比人青春，彩霞滿天飛。

青春似火花迸發，秋來果實美。

願得人生常似此，猶如石榴美。
經春歷夏開到秋，結實加百倍。

今晨好風吹

今晨好風吹，鳥語更加美。
閒坐無多事，心緒隨風飛。

人到中年時，心境應更美。
淡泊加鎮定，猶似白雲飛。

回首從前事，蹉跎饒感慨。
平生對與錯，但求心無愧。

前路且漫漫，求索無所畏。
無懼風和雨，彩虹天外飛。

春色滿園春意在

春色滿園春意在，心花點點開。
浮生如同煙波裡，沿洄安自在。

回首平生蒼茫在，只是朱顏改。
流年似水卻何曾，安慰我心懷。

但願花好月長圓，青春永恆在。
鏡中華髮悄悄改，少年英俊態。

誦讀詩書尋安慰，如對先賢在。
務使心靈常檢點，不使生塵埃。

初夏大雨經夜長

初夏大雨經夜長，心境悠然閒。
清風徐來鳥音揚，提筆作詩章。

激情滿懷少年時，曾經放歌唱。

而今中年鬢初霜，未改少年狂。

得意失意尋常事，只管向前闖。
人生苦短道不得，生活是戰場。

栽花種竹雖小事，能把心態養。
得休休處且休休，清心謀稻粱。

雨聲清亮如歌唱，生活是交響。
陰晴圓缺由不得，天意作導航。

苦難人生詩意揚，爭如花兒放。
淡樸自守清心塵，也應如草香。

道德文章願垂範，且放好模樣。
孤身獨對虎羆狼，惟有膽氣壯。

回首前事徒心傷，展眼且前望。
百舸爭流知難上，作個好兒郎。

欲寫詩時卻無詞

欲寫詩時卻無詞，欲不寫時卻強持。
兩難處境等閒見，人生境遇固同此。

詞章何必賦管弦，長篇短章各相宜。
但將一顆心捧出，尋常語句亦入詩。

半生風雨蹉跎路，四十歲月崢嶸詩。
年邁不減少年志，更將新句入唱詞。

人生本是歌一曲，風雨年華鑄成詩。
回首平生無多慮，願展宏圖譜新詩。

當年負笈下江南

當年負笈下江南，煙雨鎖蒼黃。
少年音訊今何在，難尋舊模樣。

童年心事今更改，華髮兩鬢蒼。

惟有純真如既往，但添剛與強。

孤身一人隻獨往，行旅苦滄桑。
壯歲未尋歸家計，只是往前方。

長驅風雲橫掃蕩，天地作鋪床。
人生貴在有思想，念此獨心傷。

第二卷 —《鼓浪集》

薄霧浮在水面上

薄霧浮在水面上，林鳥正歌唱。
踏徑穿幽晨練去，嗅取滿身香。

欣逢假期心歡暢，好似鳥飛翔。
何處音樂緩緩放？引我心徜徉。

人在中年多悠閒，應許心奔放。
林羽茂密綠染黃，天氣正晴朗。

心有好歌及時唱，何妨遏雲響？
歲月匆匆水流殤，轉眼是夕陽。

行吟詩歌記心房，回家抄紙上。
家栽白菊正開放，笑臉迎人向。

人生名利是孽障，沾染必受傷。

應使心境似朝陽，光芒放萬丈。

淡定身心如草芳，恰似雲模樣。
平生應能對斜陽，笛聲悠悠唱。

詩歌唱徹風兒爽，及時應收場。
即此擱筆奏絕響，付與秋蟲唱。

麻雀憩在法桐上

麻雀憩在法桐上，晨鳴喳喳響。
晨起依舊散步去，一路歌聲唱。
香樟婀娜沿路長，棕樹俏模樣。
龍柏盤旋芭蕉放，空中鴿飛翔。
環湖垂柳拂又揚，水色共天長。
木橋架在湖岸旁，魚兒躍水上。
曲徑通幽繞岸長，行走聞花香。
石橋穿過湖中央，碧波蕩又漾。
腳踏青磚多清爽，青蒲蒼又蒼。
音箱做成木石樣，音樂緩緩放。

岸旁人群來又往，鍛煉展茁壯。
晨練歸來清風爽，一路興清長。

無心讀書休怪誰

無心讀書休怪誰，秋雲淡淡引深思。
歲晚獨立余有感，應從實踐出真知。
書中高言常萬語，卻到用時費猜疑。
理論實踐須結合，莫可一味作書癡。
學習猶若烹調事，五味調和君切記。
千萬不可偏而狹，獨門兵器螳螂知。
十八刀槍憑君取，古今中外各其宜。
休言書山高高在，何妨襟懷大海計。
試看天下腐儒者，兩眼發直盡呆癡。
人生學習從不遲，於此敬君作三思。
秉燭而行穿黑夜，又若熒火三更時。
學思並用君應取，所思所得含真知。
書到用時方恨少，風雨蹉跎悔學遲。
讀書須憑真見識，洞幽燭隱得真機。
秋暮掩卷長太息，讀書誤人幾人知？

即此舒懷惟君取，暢對秋風舒神思。

也應心定神閒

也應心定神閒，保持身心健康。
東方曙色在望，紅霞已經放光。
湖光水色蕩漾，草野蟲聲正忙。
人生應該輕盈，腳步何妨安祥？
要把歌聲唱響，心靈妥為安放。
莫使污穢沾染，清水才映日光。
身心最為要緊，靈魂應須放光。
君看天高地廣，身心任我暢翔。
何妨上天下海？更能時空徜徉。
人生短暫無妨，幸福更在天堂。
我且寫詩吟唱，響徹五湖三江。
激情歲月寫照，崢嶸發出交響。
詩歌吟唱不盡，人生依然情長。
長話未如短說，有時需要默想。
心定才能乘涼，無求方會神閒。
人生福份有定，何須癡心妄想？

追求須有節制，思想儘管奔放。
物質當應簡單，精神可以昂揚。
東西文明盡取，古今中外收藏。
學問求之不盡，隨心所欲取嘗。
詩歌動地唱響，回天蕩地久長。
惟願詩心恆久，歌聲永恆唱靚。
即以此詩付君，靈心靈命增長。

未可千篇一律

未可千篇一律，應許意態紛呈。
百花均可爭豔，萬類自由競爭。

作詩妙道無窮，盡可促類旁通。
循規墨矩最忌，實宜天馬騰空。

作詩原為傾訴，所發出自情真。
如果咬文嚼句，是為腐儒真正。

裝飾應該適宜，點綴不能過甚。

煩雜須都刪除，茂密允許葉深。

迎風也應婀娜，風采最宜青春。
即便是個老人，也須長足精神。

寫詩實在有趣，道理數之不勝。
無論如何變化，格調意境須存。

讀詩實為讀人，寫詩反映人生。
休言詩歌事小，文脈賴此依存。

平生不喜聲律，最愛浪漫天真。
何必受此拘束，儘管擁抱真誠。

今晚月光正亮

今晚月光正亮，心情十分舒暢。
散步乘興歸來，精神倍加增長。

一路華燈齊放，霓虹閃爍非常。

晚風輕輕飄蕩，路上人熙人攘。

何處音樂響起？不老情歌傳唱。
我心為之彷徨，淡淡浮出心傷。

秋夜令人徜徉，美景留連難忘。
歲月如歌如夢，奏出時代交響。

我要把詩吟唱，心聲放達三江。
每日寫詩不斷，匯成大海汪洋。

一心耽於詩歌，別事竟都全忘。
刻意追求不止，皆因詩的力量。

詩歌魅力無窮，引我心神嚮往。
問我一生事業，願把詩歌傳揚。

寫詩但憑激情，心靈盡都印上。
從中顯出人心，映出靈的迴響。

青春總有力量

青春總有力量，最能熱情奔放。
雖然時到中年，煥發生命剛強。

我對秋雲歌唱，秋雲為我徜徉。
人生譬若行旅，行走何其匆忙。

歲晚秋雲蒼蒼，大地盡顯茫茫。
君看枝頭之上，萬樹華髮斑蒼。

我對朝霞歌唱，何妨更立斜陽。
莫道天色近晚，夕陽更放光芒。

即使黑夜之後，步履更加艱難。
滿天星斗燦爛，未許月色闌珊。

明天更有紅日，萬丈升起東方。
人生是一輪回，應許心胸開放。

我心裝滿萬千，宇宙盡都包藏。

休言世界太大，心胸應能更廣。

天地充滿玄黃，世界自是滄桑。
且把詩歌唱響，生命總有力量。

一任波浪浮身心

一任波浪浮身心，沿洄安能停？
揚帆逐浪且去行，空山無語音。

名利從未縈身心，何必苦經營？
秋雲淡淡自飛行，飄渺有餘情。

吾生常在煙波裡，曾經負傷心。
而今中年心淡定，不復費苦情。

開筆寫詩暢心情，一對雲天行。
何妨吟詩吐心清？長空雁無影。

心情不可急躁

心情不可急躁，細加調節才好。
藍天白雲之上，歌聲依然在飄。

我要把歌唱響，唱徹高天雲霄。
世界其實美好，天父創造神妙。

人生雖然短暫，名利時常侵擾。
要有清心生成，心中陽光恆照。

天父就是陽光，又是生命之道。
但由此處追求，一生平安逍遙。

有時遇到煩難，切莫退後去逃。
心中切加禱告，天父必定引導。

人生大道條條，要把正路尋找。
上帝乃是恩典，賜予人生財寶。

人生財寶為何？就是聖經大道。

切莫對此輕視，否則自尋煩惱。

東西文明交匯，聖經老子同道。
在此不擬細論，下回開解方好。

神清必定氣爽

神清必定氣爽，精神應能敞亮。
世界是個奇蹟，其中存在思想。

莫謂人生苦惱，幸福存於天堂。
經過風風雨雨，才能得到剛強。

時常守候心靈，煥發心的芳香。
與人與己為善，禍去福來常往。

人非生而知道，後天學習成長。
勸君愛好學習，智慧靈命增長。

吾生非關名利，苦風苦雨飽嘗。

而今雷電之後，彩虹高天飛翔。

善加遵守正道，莫使邪靈滋長。
聖靈無價之寶，聖父親自導航。

我願歌聲高唱，讚美神恩無限。
世界多麼美好，天父親自造創。

祈願風調雨順，世界永保安康。
敬祝黎民幸福，一起飛向天堂。

下筆不可輕言

下筆不可輕言，立意必須慎重。
詩歌非為小事，關係人心功用。

言語未可荒唐，道理盡量講通。
要想打動心靈，必須真情洶湧。

即或淡泊之間，也須用心打動。

詩是文之精靈，行跡妙無影蹤。

為人必須厚重，輕薄只是邪風。
詩歌反映身心，移風易俗有功。

欲問上帝何在

欲問上帝何在？存在心靈之間。
欲問真理何存？幾微之間顯彰。

世界渺渺茫茫，人世滄滄桑桑。
無數思想碰撞，激發文明之光。

莫謂多道並存，孰論數教同揚？
真理只有一個，其它都是妄想。

上帝乃是唯一，獨把世界開創。
運行天地宇宙，自始直至永長。

即便末日來臨，世界毀滅消亡。

天堂永恆存在，天父永被歌唱。

人為上帝所創，屬於萬類靈長。
切莫濫用智慧，辜負神恩無限。

請看戰爭殺戮，以及地球創傷。
再談窮人困頓，遑論南北爭長。

世界問題愈多，反映人心愈髒。
要想救治人類，惟須上帝幫忙。

上帝無時不在，聖靈無處不彰。
請看天地奇妙，盡是神恩造創。

人心不可虛假，敬拜才是指望。
希冀神的力量，來救人心喪亡。

智慧源於上帝，乃是力量之光。
人心反映聖靈，世界才有希望。

有時遭遇黑暗，天狗吞食日光。

須把天父牢記，他必拯救療傷。

我生充滿幸福，因有天父領航。
心中常存馨香，是乃屬於靈光。

聖父聖子聖靈，三位一體顯彰。
聖經是為至寶，無窮無盡寶藏。

我願效法基督，彰揚天父聖光。
內惡外敵克服，聖潔心靈芬芳。

即便百年之後，天使領我向上。
飛越時空屏障，去向幸福天堂。

第三卷 —《綠竹集》

夢中飛渡萬千

夢中飛渡萬千，醒來只餘坷坎。
人生應能散淡，心境何不妥安？

夜半醒來長思，人生是越重山。
應能不畏艱難，前路務須登攀。

晨起時屆五更，窗外夜色正闌。
寫詩訴出心胸，暢思翻出波瀾。

長話並作短說，舊思不必重談。
靈感從來自上，灌入久渴田甘。

我思何止萬千？靈思妙飛曼曼。
心靈從來至廣，古今未來講談。

我今欲發何言？詩中心靈飛帆。

更上長天之外，時空任我縱攬。

早春已經來臨，寒冬一去不返。
紅梅打朵待開，欲把春信講談。

人生雖已屆半，少年心跡仍安。
何須懼怕年老，白髮正好妙曼。

人生匆匆走過，只把詩歌講談。
學問切磋不盡，求學譬若登山。

窗外路燈正亮，點綴夜色妙曼。
我心也有一盞，無形明燈不凡。

心中但有理想，何懼路遠難翻？
會當長驅萬里，勁風吹過人寰。

人生應棄名利，踏實甘做平凡。
切莫誤入歧途，欲海回頭是岸。

晨起寫詩一首，其它何須講談？

只此高聲讚美，神恩無限璀璨。

黑夜漫漫當盡，紅日會升東山。
春來時節正好，夢想正可揚帆。

寫詩快我心意，有益身心平安。
有話儘管直講，無言不必多談。

詩歌是為大道，不可視以白眼。
關乎人心功用，千古至今唱彈。

常恨學問短少，智慧大欠妥善。
春來應當奮發，知識道上越攀。

心事連達廣宇，浩渺直入雲山。
要把星星尋找，宇宙深處揚帆。

時空焉能束我？靈思自能妙曼。
低回吟唱之際，有時也會高喊。

就讓歌聲激越，四海長揚風帆。

更許千年之後，仍然有人在談。

有感就須當發

有感就須當發，激情任其高漲。
此際心性正剛強，言語長奔放。

一任風雨瀟瀟，人生道上昂揚。
休道生塵輕且揚，艱辛無法講。

苦痛何必多講？雲帆只是向上。
天地之間正氣昂，真理心中裝。

防止假冒為善，定睛務須端詳。
豺狼常會裝作羊，不能上其當。

誰是真正導師？不能憑其空講。
風雨征程非等閒，生命至關上。

實踐磨出真知，心燈務要點亮。

祝君一路平安翔，天國真能上。

人生感觸千萬，談起也許心傷。
更須虛心直向上，天路豈平常？

風雨兼程也好，陽光普照更上。
清心謙卑是羔羊，天父親領航。

言語反映心身，禱告是為默想。
靈程路上飛且翔，一路徑向上。

人生必須親嘗，道理其中盡享。
聖經自是寓思想，共君細研想。

雲彩喜愛徜徉，人生更應奔放。
酸甜苦辣用心嘗，滋味誰能講？

感想是有萬千，長話併作短講。
人生難得是心腸，正氣須昂揚。

正氣從何而起？此處不擬細講。

天地玄蒼幽且茫，天父從頭創。

真理來自上帝，正氣降自天堂。
人身都是肉來長，焉能離導航？

天國是在至上，人心無法測量。
掛起雲帆徑向上，靈性須高翔。

敬君一路行好，靈程道上遨翔。
樂園正是至善鄉，天國門正敞。

人生何懼深艱？奮發永是向上。
心靈務須清且亮，才能進天堂。

不可妄作惡業，靈性時時點講。
晨起自有日光長，紅紅是太陽。

陰晴圓缺由它，風雨晨昏徜徉。
靈性必須恆修養，心燈務明亮。

照徹黑夜幽暗，迎來日光暢亮。

靈思玄妙非等閒，神人是共享。

即此與君別過，更不發言多講。
願君暇時多思想，靈性恆培養。

窗外風雨交響，心地霞彩正放。
人生感慨是昂藏，不復多言講。

第四卷　—《芭蕉集》

春來暢發我青春

春來暢發我青春，應許雲生成。
人生從來未須論，付與風聲聲。

白髮未妨我精神，漫步是人生。
回首長望盡煙塵，滄桑夕陽昏。

人生何許放悲聲，且自奔征程。
風捲殘雲有雷逞，霹靂聲又聲。

春來二月東風呈，紅梅初開盛。
清心解得是人生，寫詩訴心身。

人生必須勇敢

人生必須勇敢，前路莫畏艱難。

風雨瀟瀟任我返，壯志衝霄漢。

此際春夜正闌，空氣清新沖淡。
靜坐寫詩吐心談，一時也安安。

心事既屬空朦，言談量來也難。
只是人生多遺憾，緣去是難返。

身心長是清淡，靈魂警醒和安。
靈程路上長登攀，切莫稍畏難。

紅塵一任囂漫，情芽長是新綻。
好自為之走人寰，奮飛入雲漢。

春來心情浪漫，心事長揚風帆。
欲入長天未為難，化鶴乘風看。

四更夜色安然，人聲無有交談。
紅梅此際花淡淡，料想睡正安。

我卻早醒長談，寫詩吐出情瀾。

春夜真是妙而曼，心事長漫漫。

推崇和安清淡，寫詩卻也雅然。
何必怕人不受感？原為自己看。

人生道來也難，與誰共越關山？
身心激越情起瀾，付與雲曼曼。

時已五更安闌，路上車聲時喊。
心地不許起波瀾，寫詩要沖淡。

只是此心難安，要想管住也難。
不如放飛由他散，看他何處漫？

穿越時空爛漫，古今任我飛看。
待到歸來放長眼，心仍在遠山。

此心活潑難纏，對付卻也不難。
且自由他飛飛看，終要把家還。

長覽五湖群山，走遍世界人寰。

識得人世徒坎憾，惟余一聲歎。

歎也不必長歎，不歎卻又深歎。
人生長似客旅般，總是繁與難。

何必怕其繁難？心地總要長安。
一任人生起波瀾，穩渡海與山。

人生不可苟安，必須時刻奮翻。
大鵬展翅萬里談，頃刻跨人寰。

天路漫漫群山，行走深是艱難。
終是攀入雲曼曼，只是好浪漫。

心事既然定案，就須奮力闖關。
前路任它萬重山，奮行莫畏難。

人生只是短暫，轉眼白髮斑斑。
靈程道上須奮攀，遲了惟長歎。

高歌既應當喊，沉默更利實幹。

一任激情衝霄漢，恆自做好漢。

春夜真是清安，寫詩傾出心瀾。
多寫雖是不算難，只是難盡善。

寫詩本為傾談，激情吐出為安。
儘管平日不善談，此際長是瀾。

瀾卻何曾算難，人生雄關漫漫。
打點身心長闖關，一關又一關。

關卻尚還未關，天國門正開展。
行得快者先進站，遲了徒哭喊。

哭喊門卻已關，此後再開也難。
永生大門只一扇，快奔莫遺憾。

祝君一路平安，我更與君同攀。
靈程路上自艱難，奮力搏群瀾。

天父導引正善，天使時時救難。

轉彎抹角何須談？長是有平安。

磨難歷程非凡，更越巍巍群山。
大海不能把我難，看我曠揚帆。

即此更不多談，五更一篇安然。
夜色窗外黑正然，黎明蹣又姍。

好自為之奮戰，人生非是安然。
慎防風波陡如山，心定才能安。

定心要想不難，信仰堅貞是談。
心中切實禱又喊，天父賜平安。

此是真正平安，世界難奪其善。
信主之人俱是諳，不是空空談。

人生真是難談，生死更是闖關。
趕快奮力向前趕，前路待君攀。

靈程切莫畏難，門小路窄難攀。

時候將到門將關，遲了唯餘歎。

盼望是為盡善，實現並非太難。
天國福地真平安，征途待君攀。

祝君一路平安，更過考驗重關。
天國相會高聲贊，真是把家還。

春夜真正安闌，平疇是無群山。
清風吹來心恬淡，寫詩暢心談。

長篇也須盡善，切莫空空叫喊。
必須含有真內涵，否則是扯淡。

寫詩並非直喊，婉轉若似雲漫。
聖靈充滿是為贊，天父恩如山。

精靈高聲叫喊，吐詩甚是浪漫。
作為詩人興意瀾，停筆真是難。

真是不應多談，言多或有妄喊。

詩歌是為神奇漢，敬他他才安。

寫詩長短均善，長話短說更難。
即此別過不再談，祝君恆平安。

好風清輕吹來

好風清輕吹來，心境頓時敞開。
欲說不止是心懷，容我慢慢來。

紅梅花兒徑開，老柳碧絲誰裁？
湖畔春色真多采，散步暢心懷。

水光映出日彩，天色卻共水在。
我看魚兒躍出來，自在又歡快。

我比魚兒輕快，懂得自我排解。
人生雖然艱難在，何妨笑開懷？

笑卻不是傻呆，其中自有道在。

君看雲彩翩又徊，快活又自在。

我比雲兒輕快，懂得寄風長偕。
拋卻名利心自諧，人生百年在。

鳥語長揚風采，彩燕惜乎不在。
我心清越步輕快，腳把青磚踩。

音樂和緩清快，聽來心動神諧。
天地春來和氣在，東風正剪裁。

時近春分真快，我心安能久埋？
奮發人生真精彩，及時雄飛快。

更越雄關千階，長揚精神風采。
秀出人生之自在，瀟逍共風諧。

春來時節正屆，冬去已經不再。
抓緊播種莫延挨，秋後收成在。

好風清輕吹來，余心長是開懷。

敬君心自有裁，共風飛舞寰埃。

晨鳥長歌唱

晨鳥長歌唱，引我心飛翔。
暢想人生並理想，一時心歡暢。

春來早嚮往，冬去真快暢。
我看紅梅正開放，碧柳垂波上。

紅日映水上，白雲行徜徉。
水光天色真明亮，晨靄微微放。

早起心歡暢，晨練未匆忙。
健步如飛行得暢，十里轉眼間。

公園風正揚，音樂緩緩放。
青磚路上清而爽，引我心暢揚。

老柳真清揚，新碧驚心腸。

路旁小草最清爽，無名自含芳。

二月春光揚，處處生機昂。
人生似此須細想，要在奮與揚。

前路盡其長，更要向前闖。
東君已來把福降，春種秋收忙。

我心自由爛漫

我心自由爛漫，長自共雲翻瀾。
清風吹來思萬般，好似紅霞燦。

人生長自坎憾，徒餘心傷嗟歎。
春來應自開眼看，鳥飛入雲漢。

我欲與風同翻，共入高天霄漢。
心中志氣不平凡，萬里風雲展。

詩中心胸盡展，快哉乘風妙曼。

人生應自平實幹，腳踩實地站。

春來播種不難，平時維護卻繁。
更有風雨蟲害纏，豐收是艱難。

人生同此相看，奮鬥精彩不凡。
煥發志氣埋頭幹，終有收成看。

二月春風揚帆，老柳籠得煙淡。
田野春光真好看，引余心浪漫。

最愛碧草新綻，生機無限盡展。
人生效此向前攀，奮力闖雄關。

山高水長不難，要在人心奮翻。
風雨雷電是磨難，蒼鷹度絕棧。

奮展雄心長攀，能上絕壁高山。
待登天梯回頭看，原也不算難。

春分心情舒暢

春分心情舒暢，春光悠悠揚揚。
散步歸來寫詩忙，吐盡是心香。

紅日東方生長，鳥坐柳枝啼唱。
清風吹來長是爽，碧野新綻芳。

天色清淡晴朗，遠際晨靄淡爽。
水光更是起微亮，霞彩水中漾。

心身煥發力量，壯懷猶自堪賞。
美妙人生聽我唱，共此春光揚。

詩意人生昂揚，觸目俱含詩香。
書寫不盡是春光，無限妙又芳。

心興只是高漲，晨光妙發清揚。
春分時節花初芳，長引余徜徉。

窗外鳥囀清揚，陽光遍灑光芒。

坐定寫詩是個強，心襟好開放。

早起盡賞晨芳，詩中難描春光。
更吐心香向花放，欲與試比長。

我心有所嚮往

我心有所嚮往，是為未名之鄉。
人人俱都透亮，晶瑩發出碧光。

我心有所嚮往，是在高天穹蒼。
鵬翅奮展所向，萬里長天瞬間。

我心有所嚮往，是在至高天堂。
天父親自主掌，聖徒永恆歌唱。

我心有所嚮往，是在理想之邦。
公義真理通暢，人人正氣昂揚。

我心有所嚮往，是在故國城鄉。

魂夢牽縈所向，少年心跡徜徉。

我心有所嚮往，是在未來天長。
實現宏圖理想，鑄成自我剛強。

我心有所嚮往，是在愛情之鄉。
兩情相牽綿長，誰人與我同嘗？

我心有所嚮往，是在闔家安康。
天倫之樂盡享，其樂至外無疆。

我心有所嚮往，是在清風嫋揚。
煥發心襟志向，溶入天地清長。

我心有所嚮往，更有許多地方。
世界人生奔放，許我心有所向。

我心有所嚮往，幸福寄於彼疆。
生涯匆匆過往，白髮迎風相向。

我心有所嚮往，此是生之力量。

青春雖已既往，壯歲更發剛強。

我心有所嚮往，日夜不停歌唱。
天父宏恩無限，賜我身心歡暢。

我心有所嚮往，直至此身消亡。
應許靈魂向上，天國永恆歌唱。

煥發生命活力

煥發生命活力，人生邁步輕越。
不惟向外攀越，更要向內用力。

煥發生命活力，創造心的奇跡。
物質是個外業，精神須靠超越。

煥發生命活力，淨化靈魂要藉。
天路至為難歷，惟在奮發開闢。

煥發生命活力，生塵漫漫親歷。

風雨既都經歷，彩虹也當是閱。

煥發生命活力，高歌猛進邁越。
山高水長奮歷，百歲人生迅捷。

煥發生命活力，昂揚意志飄逸。
人生是個奇蹟，莫要白白空歷。

煥發生命活力，不怕困難來襲。
春來時正二月，陽春更在三月。

煥發生命活力，莫負青春歲月。
切莫徒然用力，看準才可發力。

煥發生命活力，人生不能重歷。
任其風起雲越，笑口常開是必。

煥發生命活力，播種收穫是閱。
世界滄桑既歷，老來是有慰藉。

煥發生命活力，疾病困苦必越。

生命長途邁越，每日必須親歷。

煥發生命活力，打拼是個要藉。
身體保養是必，健康才顯實力。

煥發生命活力，點滴小事用力。
壯志貴在奮鬪，腳下步步親歷。

煥發生命活力，物欲必須超越。
精神堪比明月，優雅清光襲襲。

煥發生命活力，效彼晨曦時節。
紅霞漫天飛越，太陽升起是必。

煥發生命活力，有時也須休息。
動靜各有妙力，交替發力是必。

煥發生命活力，速度必須要藉。
百里長跑耗力，體力就須調節。

煥發生命活力，不在一時快悅。

終點才是目的，笑到最後是必。

煥發生命活力，人生步步超越。
境界層層親歷，雲彩翻卷若曰。

煥發生命活力，浪花任其拍擊。
泡沫只是暫歷，大浪淘沙是必。

煥發生命活力，譬若採礦是曰。
煤炭是個奇跡，燃起無限活力。

煥發生命活力，更在平日點滴。
小事也須著力，大事才創功績。

煥發生命活力，永遠向上是必。
精神最是高級，無法衡量終的。

煥發生命活力，永遠不斷超越。
量變平時用力，質變最終來閱。

煥發生命活力，創造新的奇跡。

世界永在飛越，滄桑任其幻滅。

煥發生命活力，改造世界是必。
揮灑青春熱血，譜寫華章更碧。

煥發生命活力，效彼陽光射及。
熱力總是無缺，燃燒奉獻心力。

煥發生命活力，人生不能空歷。
必須創下奇蹟，後人才能仰及。

煥發生命活力，但也不能過急。
適度是個要藉，高燒退熱是必。

煥發生命活力，更多無法言及。
願君靈活參閱，貴在實踐體歷。

煥發生命活力，天父護佑是必。
人生客旅若曰，天國才是標的。

煥發生命活力，內心必須熱烈。

希冀向上超越，鼓勇奮力開闢。

煥發生命活力，天路真是難越。
門小路窄譬曰，惟靠接引之力。

煥發生命活力，高歌猛進是必。
戰場克敵親歷，前路流奶與蜜。

煥發生命活力，必須煥發心力。
物質是個業力，精神貴在超越。

煥發生命活力，寶貴人生珍惜。
時光切莫負及，後悔惟餘嗟泣。

第二部　新近詩歌精選

第一卷《天風集》

煙雨迷濛

煙雨迷濛，晨起心態輕鬆。
聽鳥鳴頌，推窗暢迎清風。

雅思從容，哦詩吐我清空。
時雖初冬，冷寒卻不嚴重。

清坐哦諷，淡泊持在襟胸。
志向如虹，恒欲飆風凌空。

壯歲斑濃，一笑爽朗靈動。
奮發矢衝，不懼風雨狂猛。

奮志人生疆場

奮志人生疆場，我意始終慨慷。
此際坐定放思想，窗外雨聲清靚。

推窗迎接風暢，清新快余襟腸。
哦詩熱情而奔放，舒出心胸氣象。

男兒熱血激蕩，不屈磨難艱蒼。
歲月曠意而飛翔，壯歲老練強剛。

前路放馬去闖，突破壁壘層障。
展翅我欲向天航，矢飛九霄雲上。

情懷悠悠揚揚

情懷悠悠揚揚，哦詩順理成章。
窗外朔風狂，爽潔盈襟腸。

我欲高歌奔放，展翅向天遨翔。
朝陽正燦放，藍天青無上。

清度大好晨光，壯歲不計斑蒼。
前景展輝煌，奮發長待闖。

沉痛早已拋光，心跡無比清靚。
曠飛青冥間，長驅無極限。

清意雅哦詩章

清意雅哦詩章，心跡合展奔放。
周日閒爽襟腸，品茗愜懷無上。

最喜藍天晴朗，木葉紛飄飛蕩。
清坐舒展思想，悠揚且又玄暢。

人生無比安康，曾履風雨艱蒼。
此際體味澹祥，壯歲已是斑蒼。

小鳥清新鳴唱，使我喜悅非常。
哦詩呼出心房，爛漫應有清芳。

曠意無限

曠意無限，清雅哦詩章。
聽得窗外北風狂，初冬正蕭涼。

清坐悠閒，心志暢開放。
時鐘清走滴答響，壯歲斑鬢蒼。

笑意展放，得道不猖狂。
志氣始終如鐵鋼，欲攀萬仞上。

陽光清靚，藍天碧無恙。
前路長待奮發闖，腳下萬里量。

展眼天際閒望

展眼天際閒望，澹煙凝在遠方。
林野已斑黃，朔風正嘯狂。

初冬天氣蕭爽，午後陽光燦放。

和暖持心間，詩意有昂揚。

哦出心胸氣象，燦若雲霞鋪張。
率意履桑滄，前路步揚長。

壯歲漸已老蒼，雄心依舊未減。
當展我慨慷，力行勿退讓。

情懷無比張揚

情懷無比張揚，心胸熾熱奔放。
天氣雖寒涼，無妨我揚長。

和暖陽光正放，青碧長天鳥翔。
清坐展思想，一曲舒昂揚。

笑意從心而漾，人生激越慨慷。
壯歲奮意向，從容張翅膀。

生活清貧何妨，詩書怡我襟腸。

逸意天涯間，水雲中心蕩。

村雞清新啼唱

村雞清新啼唱，我的意興昂揚。
東方彩霞正漲，紅旭行將升上。

晨起心境爽朗，閒聽野禽歌唱。
欣然雅哦詩章，奏出情之平康。

初冬朔風寒涼，落葉漫地飄殤。
壯歲雖已斑蒼，長驅人生奔放。

詩興曠加發揚，履步前路揚長。
終然冰雪來訪，傲骨若梅俊剛。

遠天淡靄茫茫

遠天淡靄茫茫，藍天青碧漂亮。

心志持平康，從容哦襟房。

小鳥時時清唱，爽風吹來蕭涼。
清坐展慨慷，曠志不必講。

笑意從心浮上，雅潔情懷娟芳。
清度好時光，合當騁奔放。

大而無當有妨，腳踏實地應當。
展翅奮高翔，摩取天青蒼。

往事飛飛揚揚

往事飛飛揚揚，時常突入心間。
苦痛應拋光，前路邁遠長。

初冬藍天晴朗，鳥語沁入襟腸。
心意若花放，愜哦新詩章。

從容且復坦蕩，激越而又安康。

率性人生場，名利棄而放。

生活清心品嘗，五味堪當細享。
曠意未可量，天涯恆瞻望。

晨起情緒正高漲

晨起情緒正高漲，快意暢把詩吟唱。
紅旭東方長，絢霞燦輝煌。

小鳥清新放高唱，藍天青碧展無恙。
初冬薄寒涼，無妨我清揚。

縱情雅哦彼詩行，吐出情志若花放。
壯歲懷貞剛，浩志豈尋常。

大千宇宙正俊朗，叩道奮發矢闖蕩。
展翅萬里間，不懼風雨狂。

曠意閒哦詩章

曠意閒哦詩章，冬日陽光燦放。
心跡持雅康，清度好辰光。

壯歲不懼斑蒼，逸興無比清暢。
疊嶂誓攀闖，鐵志已成鋼。

笑意從心坦蕩，悟道玄妙非常。
生死付等閒，人生如花放。

炎涼桑滄任放，坎坷無妨揚長。
展翅奮天壤，快活沐清涼。

天陰無妨清揚

天陰無妨清揚，適性閒聽鳥唱。
初冬薄寒涼，晨起哦詩章。

心性始終張揚，不屈利鎖名韁。

笑容清新放，昂然步前方。

一任山高水艱，豈懼風雨狂猖。
定志如山剛，展翅曠飛翔。

身心清澈明靚，雅意沁入詩間。
清坐暢思想，人生履平康。

喜鵲喳喳清響

喜鵲喳喳清響，曠余情懷無限。
晨起天寒涼，卻喜紅旭上。

人生奮發強剛，矢志風雨艱蒼。
壯歲持理想，不懼霜華放。

笑意清新浮上，叩道一生揚長。
哦詩舒心芳，一曲歌昂藏。

清坐暢放思想，前路風光妙靚。

乘風鼓翅膀，徑入彩雲間。

雅潔心境康

雅潔心境康，淡泊持安祥。
奮志長驅闖，流年日月芳。
斑蒼無所妨，展翅曠飛翔。
百年任艱蒼，貞德蘭蕙香。
騁懷舒奔放，妙發我清揚。
曠意歌昂藏，正直人生場。
胸襟恆坦蕩，苟且拋光光。
名利早捐放，揚長水雲間。
冬來天寒涼，清坐舒思想。
激越且慨慷，無機契道藏。
展眼天晴朗，朝日射清光。
悠意無極限，清哦南山章。

心境清享平康

心境清享平康，精神自是健朗。
散步興悠長，沐著斜暉逛。

壯歲不嗟斑蒼，奮發展我清揚。
人生荷志向，前驅萬里疆。

路上人熙車攘，生活奏出交響。
逸意有揚長，理想導我航。

心情未可狂猖，謙和立身坦蕩。
修身無極限，叩道矢奔放。

白雲幻化多情

白雲幻化多情，雅潔是余身心。
閒品彼芳茗，愜聽鳥清吟。

壯歲浩然鎮定，哦詩卻具空靈。

長喜天朗晴，斜暉正清映。

笑意和藹清新，悟道契入玄冥。
奮志曠飛行，山水清無垠。

人生飽受艱辛，苦痛無妨胸襟。
展翅入天青，萬里無止境。

東天霞光靚

東天霞光靚，一輪紅日噴薄上。
漫天都晴朗，曠喜鳥雀鳴奔放。

心境正爽暢，雅哦新詩舒情長。
壯歲合慨慷，男兒激越展強剛。

奮發我意向，萬里征途迎難闖。
不折矢向上，一似松柏之青蒼。

輾轉是桑滄，仍懷心志多滌蕩。

大風高哦唱，胸襟坦蕩山河裝。

鳥鳴悠揚脆靚

鳥鳴悠揚脆靚，心事鎮定安祥。
天陰北風暢，初冬天寒涼。

爽潔哦哦歌唱，舒出胸襟氣象。
壯歲情懷曠，逸意水雲鄉。

不折矢志奮闖，山水清境堪賞。
展翅恣飛翔，搏擊風雨狂。

往事何必回想，要在前景瞻望。
腳踏實地闖，關山任萬幢。

休閒生涯堪謳唱

休閒生涯堪謳唱，心性養成疏狂。

淡泊情志且安康，清貧未有大妨。

歲月清展矢奔放，轉眼鬢髮蕭蒼。
回思舊事徒悵惘，還應向前瞻望。

百年生死是尋常，何懼老漸來訪。
奮發仍當展貞剛，前驅步履昂揚。

少年心跡在何方，壯歲克盡艱蒼。
理想一似火燭光，導引我之前闖。

奮發心襟力量

奮發心襟力量，矢展我之貞剛。
人生懷理想，不屈磨與障。

壯歲胸懷寬廣，宇宙俱都包藏。
百年生命艱，桑滄是尋常。

笑容清新坦蕩，無機持在心間。

秋春走安祥，哦詩舒馨芳。

前景長瞻遠望，歷史亙古流殤。
應舒男兒壯，功業腳下闖。

浮生未許孟浪

浮生未許孟浪，自律自尊自強。
請看天地多寬廣，風景無限清靚。

逸意無限清揚，壯歲心懷清剛。
書生意氣未輕狂，謙和立身坦蕩。

向上矢志昂揚，曠飛徑入溟滄。
一笑舒揚且奔放，覽盡世事桑滄。

冬來天氣寒涼，夕暉正照輝煌。
適意哦詩舒情腸，清新應許瀏亮。

第二卷《明心集》

燈下放思想

燈下放思想，激情如水淌。
紅塵是狂蕩，清心水雲間。

拋去憂並傷，輕裝奮飛揚。
合展雙翅膀，高遠去旅航。

持正不狂猖，內蘊務深廣。
向學志軒昂，不入名利場。

道義鐵肩扛，胸襟是坦蕩。
展眼暮煙蒼，春雨灑安祥。

遠天靄漾

遠天靄漾，東風輕吹蕩。
感興升上，清聽鳥啼唱。

又值春光，心地持舒暢。
發奮昂揚，欲展雙翅膀。

紅塵萬丈，盡我放飛翔。
不折矢闖，飽覽山水芳。

悠悠謳唱，情思有激蕩。
藍天青蒼，野禽恣歡曠。

雲煙清顯淡蕩

雲煙清顯淡蕩，中心有感哦唱。
春來心志芬芳，長共東風裊揚。
人生實幹去闖，詩書持身馨香。
舒出胸襟氣象，鵬翅合當高張。
去向未名遠方，愜我意向非常。
風光可盡飽嘗，哦詩熱情慨慷。
百年匆匆飛殤，壯歲何計蕭蒼。
奮發雄武昂揚，譜寫新的篇章。

激越是我情腸

激越是我情腸，高遠向著太陽。
塵世任艱蒼，我志早成鋼。

不懼困苦磨障，曠飛雙展翅膀。
折翼何所妨，標的天涯間。

壯歲心襟軒昂，展眼天地桑滄。
一笑展清剛，開口應哦唱。

英武不屈世網，書生意氣張揚。
百年懷夢想，藍圖蘊胸間。

暮煙此際茫蒼

暮煙此際茫蒼，心事卻又浮上。
人生無限慨想，一起湧上心膛。

未可沉醉春光，世界存在缺陷。

奮志之所嚮往，是在公義通暢。

壯歲不盡蹉傷，化作詩句激昂。
不屈困苦重障，鐵翅始終向上。

百年生命奔忙，不為名利所陷。
男兒熱血勁剛，不斷創造輝煌。

窗外清笛奏悠揚

窗外清笛奏悠揚，春情中心漾。
和風清拂碧柳芳，菜花正金黃。

世事熟諳何必講，只是幻桑滄。
壯歲心境守尋常，一笑也舒揚。

和煦午日灑晴朗，白雲自在翔。
哦詩長吐胸中曠，志在萬里疆。

少年已遠入夢鄉，鏡中斑鬢蒼。

及時奮發展翅膀，搏擊風雨艱。

昨夜蛙鼓悠揚

昨夜蛙鼓悠揚，晨起粉霞新漲。
初暑風光靚，爽風清來翔。

我意自是軒昂，展眼漫天晴朗。
鳥語復花芳，自在享悠閒。

哦詩當舒慨慷，男兒未可頹唐。
壯歲風骨剛，桑滄已尋常。

歲月不盡奔放，笑我斑髮輕蒼。
詩意正激昂，我欲騰雲上。

天氣朗晴

天氣朗晴，東方傳來喜鵲鳴。

哦詩盡興，胸襟氣象顯豪英。

歲月奮進，老我斑鬢何必云。
不滅心境，矢志萬里搏空清。

學取雄鷹，摩取高山絕壁行。
珍惜寸陰，百年生命熱血殷。

壯歲經營，詩書持身蘭蕙清。
一聲高鳴，震動山澗谷回應。

我意康寧

我意康寧，清享鳥語並花馨。
細品芳茗，暢誦清詞愜意境。

初暑朗晴，和風煦日宇太平。
歲月飛行，人漸蒼老一笑盈。

感在心襟，生活若潮如夢境。

回思淚凝，年輪輕轉無止停。

曾履傷心，百感來襲合高吟。
壯歲情境，奮志揚眉矢催進。

月季妍嬌木香清妙

月季妍嬌木香清妙，初暑風光佳好。
和風清繞鳥語啼巧，哦詩舒展懷抱。

人生晴好風雨縱饒，無妨我之奔跑。
向陽心竅展翅遙逍，壯歲名利棄拋。

紅塵擾擾萬狀紛表，緣字奈何不了。
清貧頗好詩書笑傲，書生意氣豐饒。

淡蕩襟抱展眼雲飄，一笑清雅倩渺。
時光如飆斑蒼漸老，適性陶情安好。

爽風清勁子規清鳴

爽風清勁子規清鳴，暑晨風光清新。
淡蕩胸襟哦詩雅清，舒出溫馨之情。

世事何云獨守本心，傲骨依然剛勁。
大千紛紜共緣旅行，苦難無妨雄英。

甘守清貧詩書持心，展眼天際蒼青。
不作高鳴實幹要緊，覽盡萬里艱辛。

奮辟前境矢攀絕頂，中心想學雄鷹。
摩天而行刺透滄溟，直入宇天無垠。

流風激蕩鳥語花芳

流風激蕩鳥語花芳，歲月悠悠閒閒。
我意舒曠清坐安康，品茗愜哦詩章。

壯歲正當履盡桑滄，添得二毛斑蒼。

意氣猶揚心如鐵壯，矢涉山水清芳。

笑意開敞不畏深艱，鼓勇振翮欲上。
風雨縱猖風光清靚，覽盡世態萬方。

男兒慨慷志取高強，闊步萬里無疆。
清貧何妨荷負乾綱，正氣彌滿寰壤。

爽風清來快意向

爽風清來快意向，一掃暑意狂猖。
子規清啼林野間，卻喜萬物茂昌。

歲月悠悠度安祥，何必論其滄桑。
百年生命只等閒，壯歲斑髮蕭蒼。

書生意氣恆軒昂，正義一生謳唱。
不屈苦難鐵骨剛，笑傲風雲無常。

清坐內省思浩蕩，叩道深入無疆。

待時欲發霹靂響，君子共緣旅航。

天陰何妨

天陰何妨，晨起杜鵑啼清揚。
心襟開放，暢對清風哦詩行。

奮發向上，突破時空任思想。
節節慨慷，靈程沖決困阻擋。

月季嬌靚，爭姿鬥彩愜心腸。
生活安康，居安思危不疏狂。

持正昂揚，應開笑口對桑滄。
一曲悠閒，田園山村心趨向。

心事空朦

心事空朦，悵望天涯雲煙重。

鳥啼輕鬆，品茗心境頗從容。

年近成翁，浩志依然持凝重。
矢向前衝，一任征程風波洶。

人生如夢，回首往事淚雙湧。
淡看雲空，天陰有鳥正飛動。

吐氣若虹，英雄從來自有種。
奮飛長空，搏擊萬里關山重。

人生情長

人生情長，悠悠哦唱愜意向。
初暑風光，細雨迷煙清風航。

半生消亡，余得雙鬢斑而蒼。
奮志慨慷，誓展雙翼入雲鄉。

意氣清芳，胸懷正義誰能擋。

請聽鳥唱，樂享歲月之平康。

不屈庸常，激情盈胸正浩蕩。
自強無疆，百年生命散清光。

第三卷《溪風集》

夕照清灑光芒

夕照清灑光芒，余之心境悠揚。
散坐胸襟開敞，哦詩長吐馨芳。

歲月不盡桑滄，何必過多言講。
壯歲不嗟斑蒼，奮志是在無疆。

笑容清新坦蕩，塵世莽莽蒼蒼。
煙雨只是尋常，悲歡付與夢鄉。

市井鬧鬧嚷嚷，眾生爭競奔忙。
淡看天際靄漾，晚霞明媚心房。

雨響風狂

雨響風狂，流風肆其囂猖。
靜坐安祥，品茗愜雅無上。

散淡平康，人生恆荷嚮往。
奮志無疆，渴望長天飛翔。

風雨何妨，正可磨煉志剛。
終會晴朗，沐浴光明太陽。

歲月悠揚，何必長嗟斑蒼。
百年桑滄，不過是一文章。

昨夜風狂雨暴

昨夜風狂雨暴，晨起落紅堪掃。
爽風來倩巧，鳥鳴真妙嬌。

應許心性不老，紅塵清度遙逍。
壯歲持懷抱，渴望曠揚飆。

哦詩熱情娟好，舒出氣象微妙。
男兒當偉傲，力斬虎狼豹。

清坐淡泊豐饒，天氣任其幻巧。
揚長萬里道，風雨兼程造。

歡暢人生持安祥

歡暢人生持安祥，愜聽啼鳥唱。
卻喜東風正悠揚，傳來花之芳。

我意喜悅欲謳唱，壯歲履平康。
縱有風雨亦何妨，意志早成鋼。

奮發揚眉萬里疆，展翅曠飛翔。
藍天白雲多晴朗，恣意我襟腸。

高歌一曲聲鏗鏘，震動天地間。
舒發情志不屈闖，正氣衝天昂。

清風歡暢

清風歡暢，子規啼來亦嘹亮。
品茗愜腸，雅哦新詩舒昂揚。

歲月奔放，老我斑蒼究何妨。
一笑疏狂，書生意氣正揚長。

激情行間，正氣焉能被掩藏。
滿腹貞剛，男兒矢志景陽崗。

情思娟揚，孤旅奮身上疆場。
斬盡虎狼，還我清平之寰壤。

天風清展浩蕩

天風清展浩蕩，暑意洋溢人間。
愜聽啼鳥唱，爽潔盈襟腸。

品茗萬事俱忘，心意共雲徜徉。

世事成絕唱，隨緣去旅航。

往事何必回放，前路山高水長。
奮志展貞剛，萬仞矢攀上。

散淡是吾情腸，名利未入心間。
持正立昂藏，笑意應開敞。

清笛雅奏堪聽

清笛雅奏堪聽，正是裂石穿雲。
余心喜不禁，哦詩歡無垠。

暑意正當盛行，爽風卻是盈襟。
安坐閒品茗，愜意訴誰聽。

人生希冀安寧，時有風雨肆凌。
奮志學雄鷹，摩取絕壁行。

小鳥嬌嬌歡鳴，世界恆在運行。

叩道無止境，治學凝一心。

藍天白雲正晴好

藍天白雲正晴好，子規啼嬌妙。
時值夏至日升早，和風清吹繞。

爽意盈襟我欲笑，清興正不了。
哦詩舒懷倩雅巧，壯歲情瀟騷。

時光若似長飛跑，斑鬢嗟生早。
清坐淡蕩神思飄，心興逐雲高。

矢志一生叩大道，風雨久經飽。
奮翅萬里入雲逍，標的正遙遙。

清坐安好

清坐安好，晴日和風恣意繞。

野禽鼓噪，惬懷雅倩哦詩巧。

歲月豐標，轉眼五十將近了。
斑蒼漸老，惟有心志比雲高。

紅塵笑傲，書生意氣正富饒。
磨滅不掉，一腔正氣展風騷。

青春遠拋，回首曾經風雨飽。
展望前道，山高水深兼程跑。

清風曠來生意境

清風曠來生意境，心地爽且清。
暑意雖凌余心靜，哦詩舒雅馨。

歲月飛行老將臨，不必嗟斑鬢。
且聽鳥語正嬌鳴，惬余之寸心。

好自為之奮力行，突破困窮境。

不辭艱辛斬棘進，荷道立剛勁。

平生最羨是雄鷹，拍擊凌天青。
孤旅揚長謳不停，浩意正無盡。

閒情放曠

閒情放曠，應哦新詩舒慨慷。
人生安康，履盡風雨依堅剛。

笑容展放，豁達生涯余歌唱。
神恩奔放，滋潤心田靈苗長。

愜聽鳥唱，最喜子規聲悠靚。
清風來航，一洗塵襟也舒爽。

邁步前方，不懼山高逞膽壯。
矢驅虎狼，大千世界變康莊。

鳥鳴宛轉脆亮

鳥鳴宛轉脆亮，清坐逸意昂揚。
天陰無所妨，品茗自得間。

歲月不盡奔放，何必嗟我斑蒼。
壯歲情懷靚，雅思正悠揚。

煥起生命激昂，書寫新的華章。
不屈桑與滄，展翅曠高翔。

此生閱盡蒼涼，心興依然張揚。
展眼天無限，有鳥掠東方。

和風清漾

和風清漾，爽氣人間。
更有子規鳴唱，喜鵲喳喳奏響。

清坐安祥，共緣旅航。
浮生任起滄浪，淡泊享得平康。

不必淚淌，應取奔放。
笑意應能清揚，前路萬里莽蒼。

展翅飛翔，掠取天蒼。
高遠風光無限，人生切莫淺嘗。

奮發揚眉吐氣芳

奮發揚眉吐氣芳，此生從來清剛。
不屈苦難矢頑強，男兒傲立堅壯。

天際和風長來曠，爽坐哦詩馨香。
小鳥嬌嬌清啼唱，人間類若天堂。

壯歲心襟不平常，豈向名利投降。
清貧於我無大妨，詩書持身安康。

勇猛前行穿雨障，歷盡關山莽蒼。
一笑原來有悠揚，定志如山如鋼。

晚風吹來清涼

晚風吹來清涼，華燈漸次點上。
路上叫賣聲喧揚，霓虹七彩競放。

我自精神爽暢，哦詩熱情奔放。
人生從來持慨慷，不懼風吹雨狂。

笑容自是清靚，壯歲溫和坦蕩。
奮志是在萬里疆，詩書持身激昂。

君子人格培養，一生正直不狂。
清坐長放余思想，遼遠應無際疆。

天氣朗晴

天氣朗晴，鳥鳴奏其雅音。
清風多情，白雲流走清新。

我意殷殷，哦詩熱情奮興。

曠坐高吟，吐出璀璨心襟。

請品芳茗，此物養汝雅興。
不辭清貧，富貴害人無垠。

展眼天青，何不學鳥飛行。
搏擊風雲，去覽遠方情景。

閒情逸意盈心上

閒情逸意盈心上，惬聽鳥鳴唱。
曠喜東風爽又揚，暢我心花放。

哦詩應許騁慨慷，身心吐激昂。
壯歲情懷雅復靚，清貧持貞剛。

不屈磨難餘悠揚，桑滄一笑間。
奮發心力作辭章，譜詩過萬章。

歲月清芬有激蕩，不計鬢斑蒼。

百年生涯是文章，正義凝滿腔。

激情歲月余謳唱

激情歲月余謳唱，一笑淡忘桑滄。
清聽知了鳴奔放，林野子規啼揚。

一杯清茗雅意暢，詩意又來飛翔。
傾出情興自無量，哦出熱情芬芳。

生活艱辛已品嘗，我志依然鐵鋼。
奮發前驅萬里疆，矢覽山水清蒼。

額上霜華漸次長，眼神凝滿貞剛。
正義一生傲立間，學取松竹勁蒼。

子規喜鵲雙雙唱

子規喜鵲雙雙唱，林野和風清翔。

曠喜天晴白雲蕩，雅坐思想開敞。

人生得意不張狂，謙和一生坦蕩。
奮志激越萬里疆，叩道用道昂揚。

書海應揚滔天浪，矢向艱深旅航。
繞過礁石辟方向，前路無比寬廣。

壯歲心襟懷清靚，絕無卑俗模樣。
傲立氣宇自偉剛，大風應許哦唱。

曠喜東風和暢

曠喜東風和暢，爽意盈在人間。
天碧雲蕩漾，鳥鳴掠青蒼。

散步行來安祥，有汗微漾何妨。
心境樂平康，詩意在增長。

人生履盡風浪，壯歲煥發強剛。

努力啟方向，任起風雨艱。

愜意閒適無上，我欲乘風雲間。
天人親無恙，德操修無疆。

人生志向安康

人生志向安康，不懼風雨其艱。
壯歲履滄浪，一笑也悠揚。

平生淡淡蕩蕩，不屈淫威狂猖。
清貧正氣剛，傲立謳奔放。

此際和風清爽，白雲悠悠閒閒。
更有子規唱，蟬鳴在林間。

我心是在遠方，遼闊是余襟房。
欲乘雲而上，旅盡天涯蒼。

和氣盈滿人間

和氣盈滿人間，智慧共心增長。
履盡風雨狂，壯歲守淡蕩。

應賞清風送爽，請聽子規鳴唱。
一杯綠茗芳，花香愜情腸。

人生得志莫狂，謙和才是正當。
窮通共緣放，百年是夢鄉。

最喜水雲清漾，切慕漁樵安祥。
機心務拋光，晨昏享悠閒。

清坐思平康

清坐思平康，一任紅塵萬丈。
率性持奔放，豈懼山高水長。

人生展激昂，理想矢導前航。

不屈磨難障，展翅騰飛遐方。

小鳥清鳴唱，曠余心志意向。
東風和藹翔，爽潔漾在胸腔。

高歌一聲唱，震動天地雲間。
有淚不輕淌，虎膽揮發雄剛。

長思今來過往

長思今來過往，激起心興清昂。
人生有桑滄，百年是夢鄉。

何不清聽鳥唱，何不愜賞風翔。
淡泊品茗芳，一任時光淌。

人世故事花樣，名利肆加狂猖。
應持清心向，正直守安祥。

流光瞬成煙漾，歷史匯成交響。

叩道一生向，濟世覓良方。

清坐暢放思想

清坐暢放思想，未許淚水清淌。
愜意有鳥唱，盡興是風翔。

壯歲安享平康，名利盡都拋光。
清貧正氣昂，絕無媚與奸。

無機心地清靚，哦詩熱情慨慷。
謳出中心芳，淡泊天人間。

歲月莽莽蒼蒼，歷史匆匆流放。
百感會心上，輾轉是夢鄉。

一生沐盡風雨狂

一生沐盡風雨狂，體道傲骨俊剛。

壯歲守尋常，共緣履桑滄。

展眼天際雲煙漾，喚起心與莽蒼。
野禽清鼓唱，爽風愜意向。

應哦熱血之奔放，英雄展我頑強。
前路任風狂，我志萬仞岡。

奮發人生懷嚮往，萬里風光無限。
盡我力與量，長驅天涯間。

鳥啼明媚柳陰間

鳥啼明媚柳陰間，好風長吹淡蕩。
清坐暢思也揚長，詩興正似無量。

歲月不盡之清芳，回首已是斑蒼。
一笑任憑水流淌，不計今來過往。

少年執著懷嚮往，理想天涯無疆。

壯歲情意持悠揚，共緣體盡桑滄。

天人相親原無恙，此生叩道奔放。
長看天際雲煙漾，愜賞子規鳴唱。

奮發人生矢前進

奮發人生矢前進，此生矢展雄英。
壯歲心情守鎮定，覽盡世態風雲。

不屈磨難餘剛勁，學取竹俊松青。
歲月桑滄一笑迎，展翅搏擊煙雲。

孤旅生涯淚曾盈，而今悟達通情。
清坐閒聽鳥清鳴，喚起詩意無垠。

展眼長天凝煙青，林野有鳥飛行。
淡泊清裁持雅淨，中心流蕩水雲。

周日閒曠

周日閒曠，淡泊心志持安康。
鳥語嬌揚，更有爽風送清涼。

愜懷無上，哦詩何妨舒千行。
心跡奉上，赤膽清心雅潔芳。

半生已殤，餘得霜華漸次長。
回首煙蕩，只留桑滄銘心間。

奮發前闖，此生未可成虛逛。
謳詩萬章，見證歲月之蒼涼。

輾轉身心

輾轉身心，意志始終如雄鷹。
奮展剛勁，矢穿風雨向前行。

悟知天命，只餘一笑溫且親。

共緣旅行，前程風浪是常尋。

展眼天青，白雲嬝嬝飄不定。
鳥語芬馨，曠坐品茗起雅情。

當展雷霆，起腐回生煥人心。
獨立大鳴，英武不屈傲骨凌。

心事雅芳

心事雅芳，暢哦新詩享悠閒。
好風流暢，曠懷從來天下裝。

鐵肩荷當，道義錚錚展昂揚。
俊骨勁剛，未容媚奸擾心房。

少年夢鄉，只餘幾許輕煙悵。
有淚暗淌，人事原來堪彷徨。

奮志前闖，關山千幢不許障。

叩道無疆，矢展雙翼入溟滄。

笑容展放

笑容展放，愜聽鳥叫風來爽。
雅哦詩章，吟風弄月享安祥。

壯歲清剛，未可苟且卑弱放。
矢向沙場，力斬虎狼顯強剛。

男兒揚長，名利於我已拋忘。
向陽心腸，始終如一叩道藏。

濟世必講，探本求源尋良方。
苦藥須嘗，重症當用黃連湯。

歲月悠悠揚揚

歲月悠悠揚揚，半生不覺水殤。

驚起夜夢間，淚潸有彷徨。

此生履盡桑滄，傷痕累累心間。
壯歲煥清剛，有勇依然壯。

奮發我之頑強，向前履度莽蒼。
風雨我揚長，哦唱詩萬章。

清坐思想奔放，熱血洋溢襟腔。
揮灑我意向，前驅萬里疆。

路上車聲喧鬧

路上車聲喧鬧，清坐思緒遙逍。
幸有清風繞，總賴白雲飄。

此生不許稍傲，謙和是我懷抱。
正氣應豐饒，剛柔兼取造。

奮志揚眉遠道，關山履盡迢迢。

風光無限好，胸有水雲瀟。

平生切慕大道，玄蒼遍含奧妙。
向學一生騷，深思尋幽緲。

世事擾擾嚷嚷

世事擾擾嚷嚷，名利欺人狂猖。
應許心有水雲涼，洗盡炎熱妄想。

歲月不盡芬芳，人心總存希望。
奮志去尋理想邦，遠方喚我前闖。

壯歲仍懷貞剛，豈屈磨難艱蒼。
不老童心堪謳唱，純真一如既往。

悠悠發我意向，哦出心地清芳。
曠懷正義總堅強，傲立猶如山壯。

頗悠閒

頗悠閒，晨起愜聽子規唱。
風來曠，淡看林野青靄漾。

日輝煌，朵朵白雲輕流淌。
情奔放，舒出心志哦慨慷。

未須忙，請品芳茗萬事忘。
口噙香，生活如斯堪嘉賞。

氣昂揚，振翼欲搏天青蒼。
好軒暢，鼓舞心力啟遠航。

悠悠歲月情何限

悠悠歲月情何限，傾心作詩章。
半生煙水也迷茫，回思費苦傷。

壯歲淚水不輕淌，男兒騁強剛。

奮志是在萬里疆，矢搏虎與狼。

山水清蒼正難忘，風光無限芳。
一笑淡然有平康，心曲奏雅靚。

坎坷終究歸夢鄉，所幸心兒壯。
力辟前境展昂揚，煥發我慨慷。

質樸浮生余淡蕩

質樸浮生余淡蕩，此生不敢輕狂。
清坐閒聽啼鳥唱，欣賞風來清涼。

歲月曠進幻桑滄，積澱惟是思想。
清哦心得並理想，感慨蓄滿襟房。

窗外細雨微微降，路上車行囂猖。
應守雅倩若草芳，清新是余情腸。

紅塵只是夢之鄉，希望惟寄天堂。

鼓勇奮力矢前闖，斬盡魔敵惡狼。

閱盡桑滄

閱盡桑滄，依然保有心堅剛。
嫻雅無上，曠懷濟世正未央。

謙虛向上，一生叩道矢奔放。
向學心腸，晨昏捧卷哦慨慷。

紅塵攘攘，太多醜惡與虛詆。
慧眼閃光，注目萬里天涯間。

愜聽鳥唱，欣喜牽牛嬌妍放。
好風來揚，心花朵朵盛而芳。

不辭清貧

不辭清貧，但應辭俗事紛紜。

讀書凝心，矢志向縱深邁進。

一生勤殷，叩道用道兩多情。
壯歲溫馨，俊骨剛正若鬆勁。

心懷鎮定，一任世事幻無垠。
一笑分明，大千桑滄由神定。

我志高俊，豈為名利屈身心。
學海藍青，揚帆破浪矢前行。

笑意清靈

笑意清靈，不執一物餘溫馨。
體貼多情，男兒未必粗身心。

孤旅奮進，覽盡青天萬里雲。
依然純清，貞雅心性且分明。

壯歲風雲，於我艱蒼不再驚。

矢志高鳴，一生剛正學飛鷹。

淡泊身心，願像流雲寰宇行。
憩向松陰，捧卷哦詩何雅清。

人生多情

人生多情，匡扶正義是本心。
展眼風雲，不屈磨難懷貞清。

我志剛勁，焉有媚骨去鑽營。
向學彤心，矢志學海揚帆行。

清坐思縈，大塊浮生勞經營。
應持清心，皎潔清爽若白雲。

拋去機心，正直做人本份明。
體道無垠，濟世情懷水雲清。

夜來雨暴風狂

夜來雨暴風狂，晨起清風悠揚。
愜聽鳴蛙唱，我意也安康。

紫燕盤旋飛翔，牽牛嬌妍開放。
雨潤花木昌，欣欣向榮放。

清坐思想昂揚，人生率性奔放。
時光勿費浪，得意勿狂猖。

半生付與水殤，來日盡多慨慷。
盡力騁激昂，我志青雲間。

鐵錘敲擊叮噹

鐵錘敲擊叮噹，工人做工正忙。
汗水不白淌，勞動有榮光。

此際流風送暢，爽潔盈在心間。

歲月騁奔放，時光勿費浪。

壯歲當展慨慷，努力發熱發光。
業績長待創，萬里無止疆。

鳥語娟啼宛揚，朝日正初升上。
大地喜洋洋，萬類競榮昌。

青靄林野浮漾

青靄林野浮漾，爽風瀟瀟清涼。
逸意真暢靚，乘興哦華章。

人生得意莫狂，萬水千山待闖。
願君長翅膀，掠度萬仞岡。

世界莽莽蒼蒼，紅塵鬧鬧嚷嚷。
應持清心向，憩向水雲間。

我意此際昂揚，心境悠然開曠。

奮發強與剛，傲立謳並唱。

散步悠閒

散步悠閒，清聽紫燕呢喃唱。
晨風來航，爽意自心而湧上。

有汗沁淌，身心快慰愜意放。
合歡嬌靚，如霞似錦璨無雙。

信步而往，人生應能從容逛。
一任險艱，不迫心志泰而康。

流年任往，老我斑蒼意悠曠。
合著詩章，激情歲月留謳唱。

爽意晨間

爽意晨間，萬千牽牛盛開放。

鳥鳴清芳，更有涼風吹來暢。

思達無疆，壯歲激越且清曠。
傲立偉剛，不屈磨難騁奔放。

天陰何妨，終有暴雨亦揚長。
矢志驅闖，履盡艱蒼心猶壯。

幻變桑滄，生涯於此呈悲壯。
不必悲傷，天意弄人總尋常。

人生志在山水間

人生志在山水間，清心怡襟腸。
名利從來害無疆，宜拋宜捐忘。

此際清坐聽蟬唱，愜懷品茗香。
哦詩更許聲激昂，高亢復低揚。

歲月淡蕩長餘芳，履度關山蒼。

回思往事煙雲漾，依然懷夢想。

大千紅塵是狂放，眾生爭競忙。
應持清意水雲鄉，清淨又逍爽。

雅聽蟬唱

雅聽蟬唱，悠悠歲月走平康。
天氣晴朗，暑意未狂爽風翔。

清坐安祥，一任思緒長流淌。
哦詩神揚，激越慨慷兼奔放。

人生情長，孤旅何必有淚淌。
志取高強，始終曠意在無疆。

且品茗芳，清淡中腸怡無量。
淡泊襟間，長容水雲之舒放。

奮志人生騁激昂

奮志人生騁激昂，遐思向天曠。
清坐暢聽蟬啼唱，況有清風翔。

歲月不盡散清芳，思此淚雙淌。
度盡劫波一笑揚，桑滄幻無恙。

壯歲清懷真奔放，情意入詩唱。
我思歷史如潮淌，煙波化渺茫。

義取貞剛立身壯，陽光心地間。
矢持正直為襟腸，磨難任其放。

渴慕溪風

渴慕溪風，清爽應入心田中。
年近成翁，笑我書生意氣濃。

天意誰懂？惟叩道藏持中庸。

雅思何從？暢想歷史漁樵誦。

噪噪蟬詠，無機在心原輕鬆。
曠坐迎風，品茗愜意真無窮。

人生空空，回首煙雲餘感動。
前瞻時空，不懼天涯起冷風。

我本英勇，浩志向天奮剛猛。
和藹心中，清持正義不平庸。

鳥鳴長空，萬里雲天搏罡風。
鵬志霄中，矢展雙翮青冥衝。

第四卷《晨星集》

輾轉是余心襟

輾轉是余心襟，流淌百變清新。
浩潔嫻雅無垠，壯歲煥發貞勁。

此生如松剛俊，一任雨饒風鳴。
歲月不盡芳馨，艱蒼飽然於心。

笑意曠展溫清，荷道向學志凝。
流光飛逝驚心，努力晨昏才行。

常恨學問不精，用時缺少才情。
發願體道奮興，一生盡力探尋。

欣聽喜鵲清唱

欣聽喜鵲清唱，蟬鳴一片交響。

爽風來清揚，逸致都提上。

我意適然安祥，品茗暑意消減。
浴後精神暢，雅思當揚長。

人生得志不狂，謙和是為至上。
前路搏艱長，鼓勇我徑闖。

山高水深何妨，風狂雨暴尋常。
笑我兩鬢蒼，聊發少年狂。

散步經行

散步經行，野外喜鵲曠清鳴。
爽風清新，愜我心懷並意興。

朝旭紅映，藍天青碧雲飛行。
林蟬狂鳴，競呼似若無止境。

我意清明，徐步踏過芳野青。

合歡霞映，散發清香爽我心。

晨練人群，行步匆匆似爭競。
余隻徐行，心地閒雅悠然清。

晨蟬鼓唱

晨蟬鼓唱，暑意襲人汗沁淌。
幸有風揚，送來爽潔愜意向。

清坐安祥，生活一任如水淌。
奮志心間，未肯放蕩努力闖。

持正昂揚，豈為名利屈身向。
清貧無妨，胸醞紅丹正生長。

揚眉慨慷，壯歲不懼風雨狂。
矢志松崗，要學蒼鷹絕壁上。

清懷曠遠遼無疆

清懷曠遠遼無疆，我的意興清昂。
雅坐思想展奔放，歷史化作煙浪。

林野眾蟬清謳唱，噪噪豈有止疆。
所幸長風吹浩蕩，一洗塵襟躁狂。

安坐品茗真舒暢，任從時光流淌。
壯歲不嗟斑髮蒼，前路長待奮闖。

歲月蹉跎焉感傷，一笑謙和模樣。
君子人格鑄強剛，傲立堅貞不狂。

雨後蛙鼓大噪

雨後蛙鼓大噪，今夜清風頗好。
哦詩舒懷抱，五更精神飽。

清坐思開迢迢，意達遠關遙遙。

壯歲情懷俏，雅裁南山稿。

歲月蹉跎淡瞧，我有心境奇妙。
奮志萬仞高，千關已度了。

人生情思渺渺，淡泊清心騷騷。
黎明人聲少，砌下蟲偶叫。

暑意正濃

暑意正濃，牽牛花兒開正紅。
我意輕鬆，一任熱汗流匆匆。

志取長虹，愜懷清聽蟬鳴頌。
欲履松風，曠意千古幾人同。

淡泊襟胸，哦詩激情欲嫋風。
鳥鳴清空，爽我心境真無窮。

壯歲持中，品茗清坐淡諷誦。

時空流動，幻變桑滄誰真懂。

笑意清長

笑意清長，我有逸興逞奔放。
鳥鳴花芳，更有爽風走清揚。

歲月淡蕩，紅塵大千幻桑滄。
百年揚長，清懷介意水雲鄉。

流年任往，壯歲不懼斑鬢蒼。
詩書之間，鬱點心性清而芳。

哦詩昂藏，七尺男兒展茁壯。
挺身奮闖，不畏山水之清蒼。

心境朗爽

心境朗爽，總持情懷之淡蕩。

林野蟬唱，曠喜東風送清涼。

逸意奔放，我有閒情哦詩章。
字裡行間，雅致清新且舒揚。

大千寰壤，暑意正濃陽和旺。
水雲之鄉，未可相忘銘襟間。

欲展揚長，願奮青翼向天上。
去向雲間，自由飛翔是快暢。

閒情舒曠

閒情舒曠，愜懷品茗迎風暢。
雅坐安祥，人生於我樂平康。

展眼天蒼，曠喜青林蟬謳唱。
暑意雖狂，清涼心性水雲間。

笑口應敞，紅塵大千逞氣象。

壯歲情長，隨緣而遇履揚長。

鳥啼娟芳，紫薇牽牛榴花放。
樂土安享，天人和絃奏悠揚。

情懷向天曠

情懷向天曠，我欲展翅航。
高天真無限，九霄有清涼。

歲月舒奔放，笑我已斑蒼。
清思何所向，情繫松雲間。

暑意正炎狂，清喜林蟬唱。
電扇播風涼，詩興大釋放。

我欲謳千章，心胸俱奉上。
明靚是襟房，嫻雅走人間。

情懷開展

情懷開展，卻喜鳥鳴濺濺。
心境雅安，灌耳蟬噪猛喊。

品茗清淡，暑意瀰漫天漢。
內視心坎，雅潔清新浪漫。

曠意揚帆，欲向天外飛翻。
脫出塵嵐，不惹名利何難。

笛音清展，沁入心田之灘。
嚮往浩瀚，青霄舒我情瀾。

心思深廣

心思深廣，願彈情曲若水淌。
噪噪蟬唱，豈知余心余意向。

壯歲揚長，不執隨緣履萬方。

飽經桑滄，何必計較額上霜。

大暑正當，曠喜清風長來翔。
我意慨慷，人生經營奮苗壯。

晴和宇間，藍天白雲閒飄蕩。
清坐曠朗，舒出胸襟是奔放。

曠懷清遠哦詩行

曠懷清遠哦詩行，此生履盡桑滄。
一笑依然如花放，心襟依舊清揚。

窗外時雨正清降，蟬噪止住狂猖。
清坐室內沐風涼，心興尤其慨慷。

願舒心跡入詩章，吐盡襟胸張揚。
男兒矢志在遠方，奮發鼓勇去闖。

揮灑熱血彈並唱，人生淚不輕淌。

笑我白髮漸漸蒼，質樸還似兒狀。

胸襟舒張

胸襟舒張，肝膽都開放。
男兒熱血迎難上，矢志敢於去闖。

高天無限，盡我舒翅膀。
萬水千山只等閒，覽盡大好風光。

生涯桑滄，一笑還疏朗。
壯歲不懼坎與蒼，心跡合展高亢。

世界奔放，人生惜有限。
努力向前並向上，高遠寄於無疆。

鳴蟬嘶風

鳴蟬嘶風，海內暑意正濃重。

散坐哦諷，心胸原不與人同。

人生匆匆，步履前行須凝重。
拋開苦痛，曠隨年輪逞奮勇。

應展笑容，百年生死豈是夢。
合當衝鋒，創下業績璨如虹。

我意從容，壯歲襟懷持清空。
展眼長空，斜暉清朗燦無窮。

清坐思湧

清坐思湧，流年匆匆近老翁。
志取長虹，不屈磨難持剛猛。

學海暢泳，心得體會盈襟胸。
慧光朗動，眼目識見大不同。

謙懷凝重，正直為人不苟從。

叩道圓通，隨緣履歷春秋冬。

暑意正濃，噪噪鳴蟬不停頌。
品茗向風，曠意哦詩也從容。

煙雨浮生

煙雨浮生，回思未許心生疼。
向前馳奔，山水風光怡心神。

人生奮身，嚮往自由入雲層。
展翅飛騰，去向松岡聽泉聲。

素志清澄，名利於我矢不爭。
叩道履程，圓明心性悟清正。

大千紅塵，因緣幻化桑滄陣。
百年秋春，幾多心得入詩申。

雅潔襟胸

雅潔襟胸，素志合向水雲中。
淡聽蟬頌，一任時光流匆匆。

我意剛雄，壯歲不計斑鬢重。
前路矢衝，關山萬幢邁越中。

雨雨風風，回首何必心沉痛。
學取蒼松，學取雄鷹摩長空。

百年如夢，惟有業績可垂永。
努力衝鋒，克盡千難展英勇。

心境悠閒樂平康

心境悠閒樂平康，率意人生向上。
步履堅定向康莊，任從困難阻擋。

笑容滿面余歡暢，心志早已成鋼。

清聽晨鳥吱喳響，最喜爽風清揚。

流年故事幻花樣，桑滄於我飽嘗。
壯歲心襟持安祥，素懷繫在山鄉。

渴望生長雙翅膀，一搏雲天青蒼。
風雨只是尋與常，正好磨礪志剛。

暑風似火湧熱浪

暑風似火湧熱浪，午時蟬噪狂猖。
何處可覓水雲鄉，心有千千嚮往。

歲月流年走奔放，回首何必驚悵。
前路尚有千關闖，風光應是無限。

一聲鳥囀是娟芳，引余心襟蕩漾。
詩意心中若潮漲，浩浩類彼汪洋。

生涯苦旅逞悲壯，男兒淚不輕淌。

一任紅塵幻萬丈，堅持心中理想。

輾轉桑滄不畏艱

輾轉桑滄不畏艱，一笑依然爽朗。
任從心傷千重創，矢志前驅康莊。

年近半百髮斑蒼，哦詩時懷激昂。
履渡山海風雨艱，絕不回頭張望。

百年生死是尋常，春秋飛翔若狂。
務須努力奮發上，業績長待造創。

展眼天際雲煙翔，中心未許輕悵。
持正曠懷展奔放，高歌一聲嘹亮。

散坐思均勻

散坐思均勻，一任紅塵噪不停。

滿耳是蟬吟，總賴爽風送意境。

且品杯中茗，萬事放心任緣行。
壯歲淡持心，名利不再縈胸襟。

展眼雲天青，暑意正濃汗水沁。
哦詩舒空清，原因胸中懷水雲。

人生實難云，酸甜苦辣一齊併。
百年如水行，惟餘記憶淚雙盈。

藍天青碧無垠

藍天青碧無垠，朵朵白雲飄行。
蟬噪無止境，爽風起清新。

最喜喜鵲清鳴，頗愛牽牛嬌俊。
合歡若霞錦，行人步仙境。

清坐閒品芳茗，灑脫是余胸襟。

浩意起均平，哦詩吐空靈。

向陽是余心境，中心貯有水雲。
雅潔持肺心，素志合高吟。

優雅情懷堪謳唱

優雅情懷堪謳唱，天熱暑氣難當。
汗水任沁淌，性天自清涼。

暮色四起晚霞靚，林野蟬噪鳥唱。
卻喜長風揚，使我心地暢。

歲月無限走奔放，人生應許安祥。
名利勿許障，詩書郁昂藏。

此生壯歲今正當，心性悠悠揚揚。
清坐放思想，情繫水雲鄉。

浮生常在夢寐中

浮生常在夢寐中，醒來覺空空。
此際秋蟬正鳴頌，曠意起東風。

清坐品茗意清空，哦詩興味濃。
壯歲心襟與誰同，孤旅悵深重。

歲月飛遷變化洪，桑滄幻誰懂。
百年生死付匆匆，霜華漸漸濃。

世事紛紜是朦朧，名利害人凶。
隨緣履歷步彩虹，水雲憩心胸。

浩志正如長虹

浩志正如長虹，七彩跨在天空。
余之心地沉雄，奮發矢去衝鋒。

一任人生苦痛，努力進取毅猛。

不屈磨難千重，展翅萬里飆風。

此際情有所鐘，是在高天蒼穹。
名利拋開輕鬆，振翮徑入雲中。

蟬噪聲聲哦諷，其意誰人真懂。
壯歲孤旅矢衝，風雨任其兇猛。

天氣朗晴

天氣朗晴，曠聽喜鵲啼清靈。
散步盡興，一任西風吹爽勁。

好個開心，歲月芬芳餘溫馨。
涉過險情，迎來壯歲之安寧。

奮向前進，豈懼山高峭入雲。
我有幹勁，力攀萬仞摩絕頂。

笑容清俊，不必介意斑斑頂。

矢志雄英，鼓勇萬里覽風景。

第五卷《向陽集》

年雖老心猶傲

年雖老心猶傲，笑對紅塵之紛擾。
冬日好品茗逍，寫詩舒展吾懷抱。

歲月飄情致高，展眼青天朗日照。
市井囂靜處妙，修身養性南山操。

時鐘跑年輪拋，回首青春無處找。
前瞻遙關山道，奮翅直上萬仞霄。

持風騷叩大道，一點心得入詩稿。
付誰瞧知音渺，孤旅悵懷不言好。

只是心靈堪沉醉

只是心靈堪沉醉，往事何必味回。

人生未可徒傷悲，奮發展我偉美。

天涯冷風逕自吹，清坐思慮唯美。
哦詩舒我情與扉，奉出心地純粹。

歲月流年急如水，華髮斑白徑催。
回首少年事渺微，浩然展我眼眉。

世事桑滄已品味，不必雙垂眼淚。
須學雄鷹頂雨飛，絕壁風光璨璀。

雲天晴朗

雲天晴朗，冬來惜無鳥飛翔。
窗外歌唱，悠揚旋律動心腸。

開窗風暢，呼吸清新快意間。
一點心芳，雅哦小詩舒悠閒。

品茗清香，激情歲月正飛殤。

不嗟斑蒼，快意人生書輝煌。

紅塵狂蕩，太多迷惑構羅網。
奮志揚長，願向青山憩安祥。

俠骨柔腸競何向

俠骨柔腸競何向，此際春雨茫茫。
清坐哦詩也慨慷，飲茶清狂加漲。

歲月飛殤老漸訪，心興猶然清昂。
浩志豈肯稍頹減，展眼萬里莽蒼。

半百生涯餘歌唱，桑滄何必多講。
詩書晨昏謳奔放，著書應計十方。

人生百年化灰揚，生死徒嗟愴惶。
一笑心花也開放，豁達未許緊張。

簷前春雨喜清降

簷前春雨喜清降，清風長來相訪。
哦詩不妨舒昂藏，書出心中氣象。

一聲嗨唱天地蒼，何必淚眼相滂。
應許持劍奮前闖，關山風雲非常。

百年生命幻化間，人生一夢相仿。
悟徹生死余豁朗，詩歌哦出曠放。

坐定品茗口嚛香，胸中豪氣張揚。
展眼春靄迷漫間，此生荷滿希望。

不意迎春開放

不意迎春開放，我意為之昂揚。
曠喜天和日晴朗，東風無比曠放。

歲月無比安祥，任起狂風巨浪。

履盡桑滄一笑放，半百生涯淡蕩。

名利拋空何妨，詩書意氣軒昂。
學海正是深且廣，努力叩道遠航。

百年生死匆忙，著書奮發慨慷。
清貧可養正氣蒼，彌滿天地之間。

浩蕩東風吹人間

浩蕩東風吹人間，我心喜氣洋洋。
寰宇春意正增長，碧草先綻新芳。

散步北行至湖旁，欣賞淥水波蕩。
林野眾鳥齊謳唱，真似人間天堂。

歲月曠飛無愁悵，心如少年模樣。
激情胸中正鼓蕩，欲向長天飛翔。

乘興棉衣開又敞，哦詩傾吐心香。

人生恆是荷希望，前景光明無恙。

翻飛心情入天青

翻飛心情入天青，飽覽大好春景。
爽風吹來愉心境，我欲高歌狂鳴。

壯歲際遇共緣進，胸懷水雲清新。
叩道治學兩殷殷，哦詩晨昏盡興。

何必多言我心襟，原合山野清境。
淡泊情致閒品茗，悠然享受雅靜。

名利不必去追尋，一笑守我清貧。
正氣盈胸奮辟進，履度桑滄康寧。

春華舒放

春華舒放，草野清綻碧綠芳。

老柳氄蕩，淡煙曠余意與向。

坐定休閒，清喜晨風涼且爽。
青靄無恙，大千世界正茫蒼。

品茗舒暢，願哦新詩萬千章。
悠意裊揚，何不共風去飛翔。

宇宙廣長，百年人生成虛誑。
叩道無疆，誓攀絕頂凌高崗。

曠意東風正吹暢

曠意東風正吹暢，余意喜樂平康。
淡定向天長瞭望，青青一天晴朗。

清喜碧野欣欣長，最愛柳煙淡蕩。
園囿杏花潔白芳，引來小蜂翩翔。

乘春心志應鼓蕩，前驅萬里康莊。

縱有風雨百倍狂，我志如鐵似鋼。

笑容清新溫和放，正氣盈胸茁壯。
柔情應裊萬千丈，飛向田野山岡。

適意安康

適意安康，清品綠茗哦詩章。
閒情舒曠，喜愛春風長浩蕩。

世界和祥，大千生境蓬勃放。
萬類競長，自由之恩神賜降。

努力向上，修身養德豈有疆。
解開捆綁，靈性清揚恣飛翔。

正氣奔放，寰宇萬紫千紅彰。
我心無恙，陽光明媚我襟房。

心情乘春鼓蕩

心情乘春鼓蕩，小鳥自由鳴唱。
欣見東方朱霞漲，一輪紅日正上。

和風吹來爽朗，意興十分舒暢。
有點小詩要發揚，熱情自心綻放。

歲月莽莽蒼蒼，壯歲懷抱非常。
志向由來是慨慷，奇跡由我造創。

市井又顯鬧嚷，紅塵迷幻桑滄。
靈性務顯清與揚，勿為名利所喪。

揮灑人生熱情

揮灑人生熱情，穿越艱蒼奮進。
此際小鳥正清鳴，春意無比溫馨。

大霧漫天無垠，小風吹來清新。

晨起心境持振興，哦詩舒發胸襟。

發奮穿越霧境，陽光會當經行。
山高水長風雨凌，一笑朗然清俊。

摩天學取雄鷹，高飛掠過絕頂。
大千世界任飛行，風光飽覽無垠。

華燈正放霓虹閃亮

華燈正放霓虹閃亮，春夜無限情長。
清坐安祥哦詩激昂，舒出心地溫良。

感慨浮上不必悵惘，前路清展奔放。
人世桑滄付與等閒，應許隨緣安常。

紅塵萬丈名利狂猖，豈許擾我心房。
潔淨情腸嚮往山鄉，憩意松風雲崗。

婉轉情思坦坦哦唱，不盡慧意暢想。

騷雅無限娟秀非常，妙句翩舞躚翔。

春夜寧靜心思清

春夜寧靜心思清，哦詩慨慷盡興。
東風溫馨有意境，適我雅意清靈。

浮生不盡桑滄行，等閒一笑明淨。
壯歲風骨也輕盈，穿風沐雨常尋。

此際情志浩無垠，嚮往萬里風雲。
清貧無妨意堅定，叩道用道圓明。

不作俗儒庸庸行，循規蹈矩經營。
要學雄鷹向險境，摩天絕壁飛行。

桐花紫菜花黃

桐花紫菜花黃，藍天白雲正晴朗。

風吹曠有花香，粉蝶翩翩來飛翔。

散步逛興悠揚，詩意中心正激蕩。
開口唱好春光，天人和諧生機昂。

斜暉朗市井忙，紅塵噪噪無止疆。
展眼望村煙茫，碧色田野淥水長。

心淡蕩聽鳥唱，婉轉情思啟奔放。
奉短章吐襟腸，山河大地美無上。

蛙鼓悠揚

蛙鼓悠揚，點綴清夜妙無限。
布穀啼唱，引余詩興大發揚。

草蟲砌間，聲聲清喚真脆靚。
天尚未亮，五更早起謳詩行。

曠懷舒暢，淡蕩激情盈胸膛。

安貧守常，正義人生書華章。

壯歲桑滄，不過煙雨一瞬間。
萬里揚長，履盡艱蒼合奔放。

合歡如霞似錦

合歡如霞似錦，引余心思奮興。
晨起杜宇清吟，悠揚遠播聲韻。

天陰長風經行，牽牛綻放熱情。
百鳥彼此和鳴，欣欣羨此生境。

笑意浮上心襟，適意安處康寧。
風雨早已飽經，淡泊任起霜鬢。

雅意盈滿胸心，哦詩長瀉激情。
人生不應虛行，奮發展我剛勁。

閒愁無跡何必拋

閒愁無跡何必拋，此心與雲同渺。
暑風吹來花香嫋，子規遠野鳴叫。

歲月催人漸漸老，華髮斑蒼稀少。
心志猶然比天高，欲向九天飛嘯。

紅塵大千唯胡鬧，何必雙淚清拋。
應斂心跡入逍遙，水村山風正好。

雅坐清心哦詩稿，品茗胸襟倩巧。
展眼雲天青靄緲，曠懷朗然清飄。

雅思清曠

雅思清曠，詩意人生聽鳥唱。
茶煙清揚，淡泊浮生度安康。

名利已忘，浸淫詩書晨昏間。

正義盈腔，開口哦詩氣萬丈。

一生奔放，男兒傲立若梅椿。
虛心竹仿，勁節絕無卑媚相。

羨取松蒼，終生絕壁奮發長。
願做鷹翔，穿雲掠雨意志剛。

蟬噪悠揚

蟬噪悠揚，清喜爽風長來曠。
心志平康，雅潔情懷真無上。

小哦詩章，吐出澄心何所向。
綻放熱腸，清度紅塵原清揚。

野禽鳴唱，妙巧原堪欣與賞。
綠茶清芳，詩意人生何舒暢。

此生匆忙，努力修身原無疆。

大同之邦，人間天堂恆嚮往。

實幹為上，跬步千里汗水淌。
風雨縱狂，一笑何妨我揚長。

浩歌奔放，展眼天際青煙漾。
林野茂昌，朗朗乾坤正氣昂。

第三部　隨筆精選

論歷史的規律性

一. 歷史有規律嗎？

2009-8-19至2009-8-26

歷史有規律嗎？不同的人有不同的看法。如沒有，也許只是沒有找到；說有，那又是一種或一套什麼樣的規律呢？所找到的規律是正確的嗎？是完全正確還是部分正確？對這些問題，自人類文明起源之時，就存在著各不相同的觀點和意見，一若霧中樓閣，隱然而約見，難識其全體之本來面目也。本文欲就歷史的規律性作一些有益的探索。

誠然，對歷史的規律性問題，存在著唯物與唯心二大派別。唯物主義認為物質第一性，意識第二性，物質決定意識。馬克思主義更明確提出：歷史是螺旋式上升和前進的，是一個不斷展開的發展歷程，人民群眾是創造歷史的主體，物質資料的生產是推動歷史進步的動力和源泉。而唯心主義則提出上帝是歷史的創造者和推動者，歷史的發展歷程是上帝救贖人類計劃的運程，一步步趨於人類的最終得救這一目的。那麼，這兩種觀點誰正確誰錯誤？或

是都正確或都錯呢？或者各對一部分錯一部分呢？

　　對歷史規律的認識和發掘必須上升到哲學的高度來思考，而哲學與宗教是不可分的，因此必須從哲學和宗教的眼光來審視人類文明的歷史演變和演化。首先，我們用心靈來感知這個變幻莫測的大千世界，發現自然和宇宙太過於神奇，美妙得不可思議。我們要問：自然從何而來？我們用心靈感知和認識世界，那麼，心靈是個什麼東西？當然，心靈和自然界一樣，是一種存在，他肉眼不可見，但我們確實能夠感覺到我們有靈妙的心靈存在。心靈，表現為一種特殊的存在，是一種信息和能量的「場」的存在，是一種超越普通事物存在的「存在」。心靈是靈妙的，我們依靠他來認識世界和人生。心靈還有辨別「正」、「邪」的能力，知道什麼是真善美的東西，什麼是假惡醜的東西。那麼心靈的發展，有一種趨向，要追求真善美，可假惡醜作為一種惰性的存在，也常常要引誘我們，犯罪墮落。因此人類的心靈恆在不斷地爭戰和運動之中。所以可以說，正邪之間的搏擊，構成了人類心靈的運動軌跡，這展開來也是歷史的一部分，是歷史之流中不容忽視的一股流動。我們實在不應侷限於唯物主義與唯心主義的二元爭端，事實上，他們都是正確的，因他們各有其適用的範圍，而在其外延中，又各有其不完全正確和適用

的範圍和領域。因此，唯物主義與唯心主義應該是一種互補的關係，適用於唯物主義的領域，就應用唯物主義的觀點和看法去解決問題；適用於唯心主義的領域，就應用唯心主義來解決問題。比如人的心靈，作為一種獨特的存在，既是物質的，又是精神的，應該用唯物主義和唯心主義共同來認識和把握之。

當我們考察歷史的時候，我們看到宗教起了很大的作用。在西方，基督教和天主教，主導了西方文明兩千年，雖然學者們常抨擊西歐中世紀的黑暗時期，但這種觀點還是有可以商榷的地方的。我在學習《世界經濟史》的時候，注意到書中提出的一點，即西歐中世紀時地主對農民的剝削，並沒有達到敲骨吸髓的地步，而是比較地有點節制，因此西歐中世紀的農民比起東方農民的生活相對要好過些，這應該歸功於基督教思想對社會公眾的普遍薰陶。儘管兩千年來，西方社會發生了多次宗教戰爭，但比較一下，一直以倫理為本位、以倫理代宗教的中國，兩千年來的戰火紛爭，並不比西方來得少。而到了文藝復興時期及啟蒙運動時期，人的理性得到前所未有的尊重，工業革命興起，西風東漸以來，直至二十一世紀初之今天，地球已聯成一個整體，成為了「地球村」，但人類社會面臨的問題越來越突出和嚴重，核戰爭的陰雲一直籠罩著我

們，環境污染，生態惡化，南北紛爭，等等，都成了擺在人類面前的嚴峻問題。我們發現，西方社會的病症，光用西方的藥難以醫治。而東方文明之中，早在兩千五百年前，我中華先民即以儒道雙立互補的思想格局，另立了一派哲學思想，以人倫為本位，追求天人合一之境界，尋求人與環境協調相處的最佳生存和發展模式。孔子以禮樂化人，敬畏天命，欲教人以禮義約身，持中正為心；道家更以專氣致柔，認識到「反者道之動」，追求無為而治，融入大易哲學「簡易」、「變易」、「不易」的思想，生生不息，體大道之有常，為而不恃，哺育我中華文明兩千多年，功莫大矣！印度佛教文明，從人生老病死之苦出發，另闢慈悲出世之意向，欲淡化社會矛盾，其引人良心自覺，自度度人，對於東方民族人格人性之養育，功不可掩！而中亞伊斯蘭文明於基督教之外，另開一宗，對於阿拉伯世界民族之團結與文化之興盛，其功甚大！

之所以筆者引出這些宗教思想來論述，是因為哲學和宗教實在是一而二、二而一的東西，難以截然分開。欲尋求歷史之規律，必須從哲學和宗教的角度和高度來認識問題，找出鑰匙來。筆者認為，歷史作為一特殊之事物，自有其客觀存在之規律。只是因為歷史過於繁複，歷史規律掩在煙雲的背後；又若黃金，沉澱在歷史河流的最底

層，只有敢於沉潛到水底的人，才有可能發現那閃閃發光的歷史規律。歷史規律是一個規律的體系，他有其最根本的客觀規律，也有許多輔助性的規律群和規律叢，共同構成歷史規律的體系。否認歷史規律的存在，以為真實的歷史不可得，只能是一種孺弱的表現。只有真正的知者（不是智者），用純粹的良知，仰觀俯察天地人陰陽變化之玄妙，博學深思，才有可能找到那歷史變化的規律。然而，世界上沒有絕對的真理，人類只能在自已力所能及的範圍內，尋出歷史變化之規律，而這些規律，可以大約地描畫出歷史的輪廓，知道一些來龍去脈，便於我們找出缺點和過失，並發現歷史前進的方向，更主動地創造人生，遵循人類成長進步之階梯，把人類文明引入新的更高的境界和層次。

二.歷史哲學之思考

夫歷史之為物，固有其規律之可尋。而天人大道之三昧，實非尋常子所可深究。是以歷史之規律，一若煙雲，蹤跡掩映，誰識其真？惟質樸之子，抱德以求，平心而論，或可揭冰山之一角，入歷史之真實，發朱雀之玄鳴，是為雅和之音，得天地清明靈和之正氣，使夫本得以

固，源可以清，水可以卻，家國及天下可以興而永享太平矣。

　　鴻蒙之始，有道混元而生，是為道基，是為道本，是為無極，是為上帝；而上帝創世，萬物妙成，開天闢地，啟莫大之功，創文明永恆之生化；是以，天地之間，混宇之內，上帝為大。而受造之物，既秉靈氣之清明，又有侷限未圓滿之欠缺。是以，上帝於道體真理本元之追求，亦刻意不止，永恆追求無盡，未有止疆也。而天地三才之中，人為萬物靈長，於受造之物中荷負上帝恩寵為最，但人性之中，於受造之初，自有缺限，此為墮落之本源，是以上帝於此深不忍也。自人類始祖亞當、夏娃犯罪被貶入塵世以來，上帝時時倚門而望，盼望人類能自我悔過，淨化靈魂不止，早日回歸天國也。而人類中尤有明心慧性者，指出向上一路，欲尋升天脫離塵世人欲苦海之途徑。是以，百家並起，東西文明各演其路徑。兩千年前，上帝遣其子耶穌入世於以色列希伯來民族於拿撒勒，推翻舊約割禮之規定，另立受洗之新約。兩千年來，基督教文明在西方社會中廣為流傳，於文明之進步，創莫大之功勳，此實天下良知之士所共欽敬也。東方文明之中，中國作為龍的傳人，有儒家及道家之廣演，孔子立人倫之本，荷陽剛正大之氣，擔負文明，推演人類文明進步之階梯，

其和中博大，敬畏天命，樂天知命，是為正本；而老子以專氣致柔，反諸叩求大道之動，推及先天無極之本源，而陰陽和成，萬物化生，大道有生生無盡之樂，妙境有不盡展開之實。是以中國文化之本源，首推儒教道教之並立互補；兩千五百年來，使東方文明，綿綿不絕；更推而衍之，則自堯舜之時，我中華先民荷清剛正則明達求思之氣，仰天察地，叩天地之本則，發揚文明之初光，此其於甲骨文中，有體現矣。印度佛教更早於西方基督教數百年，釋伽牟尼感人生老病死之苦，苦心求道，證阿耨多羅三藐三菩提（即「無上正等正覺」）之妙果，引人脫離塵世，遠離苦海，其於佛教文明之推廣發揚具莫大之功，而佛教內涵之豐富，流派分演之眾多，各荷所學，皆有心得，並傳入東亞及中國，於東方文明之發展，其功不可磨滅也。而中亞伊斯蘭文明，稍遲於基督教文明，其始祖穆罕默德，於妙悟之中，在基督教文明之外，另開新異之洞天，對於阿拉伯世界之團結與文明之進步，啟莫大之功，是為世所公認。是以，西方文明之中，以基督教文明為主，並有天主教等作為並存及共濟也；東方文明之中，以中國儒道雙立為宗，佛教及伊斯蘭教為輔。兩千多年來，一若群星璀璨，各生其輝，共演文明進步之妙境，啟人類智慧進階之門楣，具不世之功，莫可尚焉！余深敬佩！而文明之揮發，自有其妙境，亦有其不足之所在也。天地之

間，有妖存焉，是為魔鬼，是為罪惡，是為地獄陰間黑暗之使者，欲引人犯罪，墮入地獄，不能獲得拯救，其為陰邪之變化，作眾多古蛇之伎倆，迷人心性，罪莫大焉！而天有道，上帝遣天使播布文明之慧性於人間，引人歸正，循正道返回天庭，此實人類文明進步唯一正確之階梯也！此外無它！

　　時代流衍，已處二十一世紀之現代，文明之進步則又當另闢新章也！總結舊有，開闢新智及路向，其恩源於上帝，其惠並及大千眾生。故立國之本，必以德先；是以務必以德立國，以德治國。宗教改革尤須推行，各大宗教應融入新普世宗教中，在充分吸收各大宗教教義精華的基礎上，形成全新的新宗教教義學說，一起共同敬拜我們唯一的至真至善至美的天父耶和華上帝，父上帝是唯一的真神，此外再也沒有其他的真神。是以，人類文明揭開新的一頁和篇章，進入一個新的發展階段；而人類文明之發展，恒是向著更高、更遠、更善、更美的方向演化和邁進，永無止境，不斷向上。

知識之境界

2010-10-29

　　知識之境界，是靈明之境界，非書本堆疊之稱謂。知識之境界，是活用之境界，非滯而不暢之積累。知識之境界，是悟徹生死及身心靈的境界，非死抱眼前景象之癡呆。知識之境界，是開拓無盡視野之境界，非抱殘守缺之指稱。所知者，天地人也。所識者，宇宙大道之演變也。故夫知識者，真理也，學問也，道藏之根本也。學問者，所學者，真知也；所問者，疑惑也。何謂真知？真實無偽之知識也。何謂疑惑？身心之所困者。天地之大，宇宙也無窮，故知識之曠野無盡也。而吾生也有涯，所知所識也有限，是以，謙虛為立身之本，叩道是一生所向。夫真理者，真實之理辨也。理者，天地宇宙運化之所本也，道體之運行者也。辨者，識別玄微也，理清困惑也。學者之志，叩道而已，活用於人生社會於無窮無盡也。故夫知識之境界，無限深廣之境界，永恆開拓而無盡也。言不盡意，短章以奉，不復贅言，三嗟三歎而已。

思想飛鴻

2010-10-29至2010-11-14

　　秋夜既深，孤燈獨坐，思達曠宇，心生悲徹。吾生也短暫，死生也事大，叩求真理於無涯，敢為天下之先者，學者之本份也。余雖不敏，欲以叩道求知為人生第一旨歸，此其合於平生之抱負乎？！路其曼曼，吾將上下而求索。

　　浪漫為人生之本，非此人生不能飛揚。踏實是立足之基，舍此人生復能何為？

　　道義為天地所珍及所尊，舍此世界將成野獸和野蠻的境地。

　　人生在世，當以道德為第一追求，否則人生的境界將很可憐、可卑及可悲。

　　孤寂的境地，是智者的境地，非俗者的境地。

　　智者，是知者也。所知者，天地宇宙運化根本之道藏也。

達者，所達者何謂也？非酒色財氣也，應為天人相映相生之玄微大道。

何謂思想？非胡思亂想之謂也。以心為田是為思，身心眼目質樸如木之思始為想。故思想者，無偽飾也，是君子之所為，非小人所可希冀者也。

無聊為人生之大敵，奮鬥是立身之根本。

靜心才可致思，深思始可有會。會者，靈機也，天地宇宙大道之表現也。

困頓為人生轉機之先身。

人生之鼓蕩，其如波乎？駕浪而行者，其為智者乎？為勇士乎？在於各人之自識。

狂躁為人生之大敵，靜定乃智慧之前導。

笑口常開，不是易達的境界。人生，誰沒遇到過艱鉅和艱苦甚爾卓絕的考驗與洗禮呢？

淡定是智慧的同伴。

執著與靈活的關係之掌握，說起來容易，做起來很難。

偽飾乃是一種罪惡。

人生不能沒有思想，這是人有別於動物的第一要徵。

思想者是孤獨的，是困苦的，也是最幸福的，因為他領略到常人未曾達到的境地的風景，因為他明瞭人生和世界存在的意義。

哲學有什麼用？在於指導我們的人生。有真的哲學，有假的哲學；有對的哲學，有錯的哲學；在於各人自辨。而自辨的過程，其本身就是運用哲學的最好的明證。

人生如夢，何去何從？三思之間，思想生焉。

道德的境界，是獲得良知的境界。獲得良知的境界，是人之始為人的境界。

發奮當可揚眉，休憩可以養怡。

人生的意義，在於超越肉體的情欲和一切的物障，達到清明靈靜之地步，在那裡，思想閃耀著永恆的光芒。

心靈的深處，未可缺少夢想，舍此人生將失去光彩和希望。

清貧雖不是人生的標的，但至少有助於品行之修習。

苦難是人生真正的學校，從中可磨煉出非凡的意志和品格。

歲月加增人的歷煉，而思想的獲得尚須加上學與思的積累和昇華。

噪雜和喧騰是不好的境地，在那裡沒有思想存身的餘地。

淡泊和寧靜是思想者的兩大特質。

要想培養一顆清雅的心，必先棄去名利。

人生難免有時會陷入泥沼，如何自救，重新奮發，是一門大學問；但各人有各人的情況，難以找到標準劃一的答案。

命運的問題是一個複雜的問題，非三言兩語可以解決；但可以肯定的一點是，命運確實是存在的；有時我們可以超脫他，有時則不能；換言之，在更大的程度上，我們實在是命運的玩偶；儘管在很大的程度上，個人的奮鬥是極其重要的。

　　思想實在是一個極其痛苦的過程，要在人跡罕至的地方闢出一條路來，在沒人想過、想到甚而想過、想到又放棄的地方拓出良田並有所收穫來，實在是一件難為的事，其中免不了傷痛甚或犧牲，惟有真正的英勇者才會堅持到底並且堅持一生。

　　怠惰是人生的大敵，有時我們能戰勝他，有時則不能，不可過於苛責自己；當我們有時為怠惰所勝時，就權當是暫時的休憩和養生吧，只是不可沉淪於此，時機一到是仍須奮發的；因此，奮發向上才是人生的主旋調。

　　何謂向上？理解不同，則終點和收穫大為不同。因此，人生的方向是首要的問題，錯在開頭和第一步，以後的程途和際遇就堪憂了。然而在旅途中還有發現問題並加以修正的機會，只是要走些彎路，因而會被別人超越和拋在身後，再趕上則須加倍地奮力了。

　　人生難免會遭遇苦痛，但我們可以並且必須超越和戰勝他，方法則因人各異，即使用精神勝利法也沒有什麼不好。

　　浮泛的代價是淺薄。

華而不實是人生的大敵。

何謂瀟灑？不同的人有不同的理解。有表面的瀟灑，也有骨子裡的瀟灑；有小的瀟灑，也有大的瀟灑。達到天人相映相生合一的境地，才是最高最大層次的瀟灑。

人生的最高境界是「隨緣而遇」，即是英文所謂 "Let it be." 是也。

玩假是戕害生命的行為。

邪惡是從心靈中產生的，去除邪惡必要從整治心靈開始，法制和法治的作用是有限的；換言之，法律不能根除罪惡。

何謂罪惡？有不同的理解。甲認為是罪惡的，乙卻可能認為是功德。唯一可憑的或許是我們的天良。然而人生來各自的天良是不完全均等和同一的，那麼靠天良就顯得不是太可靠了，但捨此而外，我們還能靠什麼呢？靠法律嗎？靠輿論嗎？法律的制定和實行依據于我們的心靈中天良的天平，輿論的生髮也源於社會大眾的心靈中的天良。那麼或許有人說要以大多數人的天良為指針，但事實是，真理往往拿握在少數人手裡，那麼，究竟應該怎麼辦

呢？原來，一切事物及問題，均沒有永恆不變的評判標準及答案；人類認識事物的能力是隨著時代發展而不斷進步的；希冀在某一個時刻找到一切問題的答案，這本身就是不現實和不正確的，因而這樣的提法是不適當的。一切皆變，萬物俱流，在時空的演變中，對罪惡的理解、論斷及根治乃至對心靈及天良等問題的認識和理解，其觀點及看法是沒有一定的，是變化的，兩千年前人們的認識，今天有了很大的修正，試想兩千年乃至兩萬年之後，人們對這些問題的認識和理解，會停留在我們今天的地步嗎？答案是顯然的。

渾厚為君子立身之本。

人生應努力達到德才並舉、學思雙用、言行合一的境地。

文藝擔負著引導國民精神的重任。

道德的缺失是當今時代的最大特徵。

人性中都有邪惡的一面，人性中都有獸性的一面，人性中都有不完善的一面；正是在這個意義上，追求人性的提升、昇華和完善，成了人生的第一要務。

　　承古是一種美，創新是另一種美，而且是更好的、更有前途的美。

　　一切都有殘缺，無論世界還是人生。

　　人生難免有時消沉，但最為重要的是及時奮發，從消沉的泥淖中掙脫出來，繼續前行的路。

　　沒有標的的人生，是多麼可悲啊！但更為可悲的是，陷入了歧途，追尋的目標是錯的，是無足輕重的，是不該作為我們夢寐以求的奮鬥目標的。

　　人生總遇到許多煙雲的迷障，這時需要一雙慧眼，但慧眼從何處得來呢？不同的人有不同的理解和回答，有些人一輩子也不知智慧為何物。

　　智慧是一種空靈的境界，非實用主義哲學所能仰及。

　　哲學是思辨和悟解的學問，目的在於服務於我們的人生；思辨的思辨缺少實用的價值，悟解的悟解有益於我們的身心。

　　許多心理學家常假設人性為善，這是不科學的，也是沒有根梆的，這樣的心理學是不健全的，其根基是不穩

固的，其效用是有侷限的。

許多學問家為顯示自己，常標新立異，創造出許多新名詞，這是很不好的做法，其實用舊有的名詞和句子是很可以解釋清其意蘊的；這樣的學風是可鄙的。

任何人難免有時都會陷入無聊的境地；儘管我們知道無聊不好，但事實上，他是我們人生的伴生物，我們不要一味地去排斥他，而是要接受他，並進而戰勝他；換言之，我們在人生的大多數時間裡，都不要陷入其中，而是要奮發有為。但與有為相對的一個概念是無為，然而無聊絕不是無為，無聊是人生的低級狀態，而無為則是人生的高級意境，甚至於是最高級的境界。

人生有許多不自由，但至少應保持思想的自由，給心靈一片遐想的天空。

文化是一種弱化，這是從脫離獸性方面說的；文化又是一種強化，這是從培植人性方面說的。

淡泊比濃烈好；淡泊可以久居，濃烈只能偶嘗。

激情是生命力的象徵，他像一陣狂潮，我們有時無力掌控，任由他向著應去的地方洶湧狂瀉而去。

　　生命在某一層次上是悲哀的，在另一層次上則是喜樂的，究竟如何看待，取決於我們當時的心境；而從哲學和實際上來講，生命是悲哀和喜樂的複合體，或者說，生命本無所謂悲哀和喜樂，一切都是人的自我感覺，是轉瞬即逝的流變中的一剎，是緣，是境，是空空的相，是夢中的影，是記憶的花；然而，當人切實處於其境之時，那悲哀和喜樂是來得何等的大和劇烈啊，這是生命存在的現象和伴生物，換言之，這只是生命的現象，卻不是生命的本質。那麼，生命的本質何在呢？不同的人和不同的學說有不同的認識、理解和回答。

　　人應持有悲憫的情懷，須尊重弱者，因為他們都是造物的所愛。

　　一個人若失掉了愛心，便是失去了人世間最珍貴的東西。

　　沒有什麼比一顆純潔的心靈更高貴的東西了，儘管人們對什麼是純潔的看法和標準不一致。

　　人生有時難免陷入困頓甚至絕境，但更重要的是挺身、奮身，去創造、開闢新的生境。

　　基督教常指責佛教崇拜偶像，這是一個誤解。在佛教中，雕像只是一個禮拜的符號，是一種象徵，與十字架是一個意思。但佛教花費重金和鉅資大建大型佛雕是一種不好的現象，太浪費了。

　　佛教強調不殺生、吃素是好的，在這一點上基督教應向佛教學習；但基督教是講博愛的，要求有完全的愛，這也內含了對眾多生物的愛，《新約》中講是因為當時人們的心腸剛硬，所以許多的真理（天國的道理）耶穌沒有講出來，因為當時的人不能接受；換言之，無論是佛教教義還是基督教教義都是真理的局部，不是真理的全體，應隨著時代的發展而進步。從今天的環境倫理學來說，人類應善待地球上的一切生物，首要的是少殺生物，少吃最好不吃野生動物，這一點是符合佛教和基督教教義的。

　　佛教講人生的最終標的是涅槃，是一種不生不滅的永恆的狀態和境地，是超脫於普通存在之外的最高存在形式，是不可言喻的靈妙境界，與基督教的天國永生、靈魂不朽相比，誰正確誰錯誤？在我看來，佛教中講人身中有一種不滅的東西，此可以理解為人的靈魂，佛教中的涅槃、成佛、西方極樂世界不是生命的最終標的，而是一個中途的憩站，應從涅槃、佛的境界繼續前行，達到天國，

獲得永生，才是人生的歸宿。佛教中說宇宙由地、水、火、風幻化而來，因緣而動，無始無終，這樣的假設和說法是站不住腳的，一切事物必有始終，耶和華上帝是創始成終的獨一真神，宇宙由他開創，人類由他創造，天國樂園的永生才是人類的最終歸宿。

道教講修煉成仙，只要服丹養氣修煉即可飛升大羅仙境，是值得懷疑的。不講道德的完善，只講技術性的層面，試想一個品德惡劣的人或至少是不高尚的人成仙之後，在神仙的世界中會不幹壞事嗎？這樣的大羅天會是美好的境地嗎？《道德經》是好的，是一種較高層次和形態的形而上學，練氣功也是有益於人們身心健康的，但道教從根本上來說，是值得懷疑的，這樣的大羅仙境不會是人類的最終歸宿和目的地。

老子教導人要取象於水，學陰柔取退讓，耶穌教導人要溫柔、愛人、讓人，孔子教導人要以中庸為本、禮義約身、仁義愛人，這三者都是相通的，可以聯繫起來思考。

現在世界上各大宗教都自成一家，各自排斥，不相包容，這是很不好的現象；作為人類文明的成果，各大宗教應以開放的心胸，相互學習，取長補短，共創人類文明

及文化的新天地和未來。

　　無論哪種宗教的經典教義，都不是一成不變的教條，都應隨著時代的進步而作相應的調整和修正，並作出新的更為合理、更為妥善及更為明智的解釋和應用；必須做到活學活用。

　　東西文明各有長短。西方文明取實，東方文明致虛，應是相補的關係。實則致於用，虛則達於空；有用處大家易見，至空靈眾生難達。人生不可滯於眼見，而應趨於昇華，達致靈動思圓的境地。

　　人一生中都要與惰性作鬥爭。

　　欲望是人生的伴隨物，有時他是生命力的體現，有時卻是罪惡的先身。對於欲望，我們當止於所當止，但尺度問題甚難把握，有時雖然覺出須緊急剎車而不可自止，所以說節欲是一個複雜的問題。

　　老子說「反者道之動」，如何理解這個「反」字？在我看來，「反」者「返」也，重返天人合一之大道也。人性中有墮落的本質，也有上進的希冀；人本生於自然，自然有其道體之演變，因此人也應溶入和回歸自然之母的

懷抱，天人相映相生，其道深邃無窮，是以「反者道之動」說明道體之動必以修正、修復、回返道體本身為旨歸。道不是靜止固居的，而是不斷地運動變化，其運動的方針就是「反」，即是「返」。工業化文明以來，人愈來愈遠離自然，並且不斷地加大對自然的索取和破壞，解決這一矛盾的方針和辦法就是「反」，就是「返」，重新回到人與自然和諧相處、共生共榮的境地，因此說生態文明、可持續發展及環境倫理學在兩千多年前的老子那裡找到了根據，或者說，兩千五百年前的老子的智慧在二十一世紀的現代得到了更好的理解，為我們前進的方向指出了正確的原則和方法。

人生是脆弱的，在相當大的程度上，我們不過是命運的玩偶；我們所能做的，是在力所能及的範圍內，盡力地與命運抗爭。

半途而廢易，善始善終難。

人性中都有邪惡的成份，沒有人可以打一百分，即使道德家也可能幹一兩件壞事。

阻撓我們人生成長的力量我們稱之曰命運，有時我們真的無法克服和戰勝他。

一切都是虛空，人生概莫能外。

人生就是一個不斷犯錯並不斷改正的過程，沒有人能夠始終行進在正確的方向和道路上，錯誤在所難免。

淡蕩的歲月中，總有許多美景令人難忘，這是生命豐富的意義，也是生命中最好的饋贈。

思想者是沉靜的，他必遠離了浮躁。思想是沉靜的產物。

外向的人向外探索外在的世界，內向的人向內探索自己的心靈世界。外向的人恐流於浮淺，內向的人易達到深刻。

詩文荷氣，為作者身心之鼓蕩，宜乎通達平暢，李賀奇詭，終乎早殤，悲乎，惜哉！

近幾年遍讀古人詩詞曲集，茂茂乎文采，惜乎思想性稍差和不足，此前賢之侷限也。

名人名作多有因吹捧而負盛名者，難經歷史和時代之考驗；讀後常令人感到失望。

凡事當留有餘地，以備突發事件之發生。

過猶不及，持中而行。

有得必有失，得失之間的取捨令人難以掌握，須盡一生以學習之。

道德之培養與進修無有止境，任何人均未可自滿，當慎戒一生，矢志向上，生命的精彩和意義正在於此也源於此。

思想及藝文小語

2010-11-15至2010-12-9

淡蕩應為人生之主旋調。

有些人自稱為智者，這種人充其量只有些小智，絕不會有大智，因為真正的智者只會自覺自己智慧的不足和欠缺，而絕不會自滿自足並自吹自擂的。

詩宜通順平達，不宜故作艱深。文亦如此。

近體詩及詞、曲入則難，出也難；倚聲填詞度曲吟詩，雖有古調氛圍，雅意縱橫，令人癡情其中，流連難

忘，但也有侷限，不宜表達現代人之情懷也。中國新詩之發展方向，固當吸取古之營養，又當橫空出世，別開生面，另具一格；古為今用，洋為中用，垂為格言，貴在實際之靈活及創造性地應用耳。歐美詩歌因語言文字特點及其所限，故只得句子長短不一，中國文字自具特色，以方塊字為單位，是以詩體宜各句字數均齊及有規律地變化，這樣哦唱起來別有風味；現代詩多不能吟唱，此為極大之失誤，使漢語言之優點及特色消失殆盡。美國之惠特曼首開詩歌散文化之肇，過大於功，後之仿學者盡入歧途，遷延久遠，為禍非淺。歐美詩歌多有舒情奔放之作，甚而熱情洋溢，感人至深，則又為中國詩歌所不足而應學習了。人類雖文字及文化不同，而情感多有可相通之處，如何既學古、又學洋，融會百家，為我所用，自成一體（「體」為體系）及一格（「格」為風格），則又有待學界及詩歌愛好者們共同努力了。毛澤東生前曾論及中國新詩一無成功之處，事實確實如此。時至二十一世紀之現代，開創中國詩歌之新前途及新風貌，必須既學古而又不泥古，既學洋而又不失我中國詩歌之獨特風格、風味及風貌，有待我們奮力開拓，努力探索進取。寫詩者學養宜厚，這樣詩寫出來不會淺薄。立意宜高遠，字句須精審，意境須渾厚，格調須高雅，即便不能博大，也要力爭小巧，粗鄙為詩歌之大敵。詩言志，貴真情，駕氣而行，如龍之遊，上天入

海之間，千變萬化，任意馳騁，一舒我心，此為寫詩者之意境也。詩為人情性之鼓蕩，詩如其人，故風格各出，一若群卉之芳各異也。百家爭鳴，百花齊放，此為確言，用於詩界及藝界，正其宜也。詩歌之謂，應以宜於歌唱及歌詠為宜，務須精煉，使人百讀不厭，方可不負詩之名，而可傳於世也。

為文務求樸實，情真意切，騷雅無妨。有話說則長，無話說須短。為文力忌蒼白。賣弄學問和知識是很不好的行為，煽情也不好。

詩文宜短小精幹，過長則易惹人厭。

天國為至陽，地獄為至陰，人間為陰陽相和之境界。善屬陽，為正；惡屬陰，為邪；正邪不兩立，善惡必爭戰。人屬五行，秉陰陽而生，故人生性中有善性在，亦有惡性在，有正氣存，亦有邪意生。人生於宇宙之自然，人類的歷史就是正邪相爭、陰陽相搏的歷史；人類的前途必在於正戰勝邪，陽戰勝陰；正善之人必回歸上升至天國，與造物主之上帝同享永生；陰邪之人必墮入地獄，陷入永刑，最終歸於毀滅。

不執一切法，是為一切法。

　　人的認識能力是有限的，一切所謂的圓滿都是相對的有欠缺的圓滿，人類追求圓滿是一個不斷進升的永恆展開的過程。道是自化的，是一個永恆進展的過程，不斷向著真善美的更高境界進發、昇華，直到永遠永遠。

　　不執意於生滅，乃超越了生滅。不執意於解脫，乃超越了解脫。遇事適情適興而為，乃大自在，合真道機，是大緣法。

　　拆掉了十字架，乃樹立了心的新律法，就是最大的自由，讓心靈在真善美的空間自由地飛翔、舒放，不斷地、永恆地淨化、成長。

　　生命的進化的歷程，就是不斷去除一切束縛的永恆向上的過程，包括去除佛、魔、神、道的束縛。神就是道，是真善美的永無止境的發展歷程，神是個靈，是真理聖靈，是不斷向更高、更善、更美、更純淨方向永恆發展和進化的不可思議的最高存在形式，強為之名，我們乃敬稱其為耶和華上帝。神是唯一的正道。人是上帝所創，與神和好乃是人類發展、進步和贖罪的唯一正確途徑和方法；人回歸天國，就是回歸上帝這位至高造物主本身，才能獲得永生。天人合一是最高形式的真理正道、宇宙大法。

上帝永遠與我們同在。

道化自然，以應八方，利樂有情，造福眾生。

萬物俱有靈，皆具上進心。正善恒修行，終至完美境。

大道空空，萬象包容。唯持正中，自可亨通。

運化無窮，誰能盡通？識一啟蒙，萬事理同。

機械之心務拋，無機大道才曉。

以天地之心為心，合玄微大道玄妙。

立身之道惟八，曰真善美中正信愛仁。

道是萬物母，德為天下先，道就是完全的德。

思想絮語

2011-4-21至2011-4-24

奸滑和詭詐是人生之大敵，良知和正善為立身之根本。

道為德基，德是道用。孝敬為人倫之首本，博愛是文明之基石。

天人合一始於人與自然的和諧相處，而人與自然的和諧相處始於人對自然的敬畏和熱愛。

正者，一橫在上，類若天平，類比人心，當如水面之平，不可稍欠公義均平也；一個「止」字在下，意謂人心當止於所當止，才合乎公義正確。是以，人不可濫用自己的智慧，當有適當而必要的遏制，所謂「發乎情止於禮」是也。

人秉氣而生，或正勝邪，則為好人；或邪勝正，則為壞人。所以，世界上恆分為正邪兩派，而正邪不兩立，因此恆在爭戰之中。扶正袪邪是所有仁人君子和好人的義務和責任。惟有正氣大發揚，人類的文明才能大踏步地前進和上升。

心物一體，物質和精神最終統一於精神，精神包攝物質，精神是更高層次的物質。道或上帝乃是最高的精神實體。

人應儘量少吃肉食，這是道德的要求，也符合環境倫理學的原則，而且是人類文明進步的重要標誌之一。

儉以養德，物盡其用，亦當適度而已，過與不及，均不宜提倡，中庸最好。

一氣感應，而生萬象。大千之變，統之者為道。

愛也有原則，不盲目，對十惡不赦的人可以不愛，可以恨，只是不能讓恨的毒根隨意地生長，應有嚴格地節制。愛當包容恨。愛是宇宙存在和進步的最高最大的根本原則和法則。上帝創造世界和人類乃是為了彰顯愛。修心必自具有和擴展愛始。完全的道德就是最大最充分的愛，愛自然、社會和人生，愛自己和他人，愛宇宙中的一切受造之物，而愛上帝是這一切中最高層次和最重要的愛。愛是得救的根芽，是人生和人類希望的種籽，是文明的基石和進步的臺階，愛無論如何形容其重要性均不為過。沒有了愛，便失去了文明的根本，便沒有了一切，就中了魔鬼的詭計，將陷入黑暗、罪惡、墮落、死亡和滅絕。

善惡有報，不是假話，千古流傳，垂為定論。

人生的第一要務是喚起和持有一份聖潔的情感，敬畏上帝是智慧的開始，此為靈魂得救之根芽。

心平氣和是一種較好的狀態，只是難以長久地保持。人生一如履浪，哪裡能始終心平氣和呢？但萬事和為貴，人生如此，萬事萬物如此，天人大道也是如此。與天和，與地和，與人和，天人和諧體顯於此。但「和」是順勢的「和」，非刻意的為「和」而「和」，和而不同是值得肯定的，也是必要的和必不可少的。

處君子易，處小人難，然世上君子少，小人多，是以，磨練處小人之道，為人生必備之課程。君子多曠達，小人易結怨。如何處小人？一言以蔽之，堅忍、寬容、包攝、大度而已。君子不害人，小人常害人幹壞事，因此君子須提防小人，但有道者自昌，小人終究是會得其應得的果子的，這不是妄言，而是千錘百煉的確鑿不移的真理。

淡泊為智慧之先身，正直乃叩道所必備。無機的心腸發出德行的光輝和芬芳，是多麼靚麗的風景啊。人類文明的演進不以物質的豐富為最高測度，而是以精神文明的高度為量測的指針，當然這麼說，並不是貶低物質文明的

價值，而是說，精神文明的價值遠高於物質文明的價值。

　　物欲盛則人心躁，德不易守；寡物欲方可心思定，機心少，始可內叩心向，有德操存在和發揚的前提條件及可能；因此可以說，物欲太盛乃道德敗壞的原因和前提條件。欲挽回世態人心及道德，須從減少和節制物欲開始。無欲則剛，但這是不易達到的境地。制欲以時以度，是我們應該大力提倡和發揚的。

　　大道清明，運轉無跡，俗子難量；道之動為德，德乃道之用；叩道求知當從積德始，久而久之，機心漸減，覺性趨於圓明，慧光漸現，自可漸趨於道藏之三昧。

　　克己不是一日的工夫，而是終生的課程，為要使私欲漸減，在心靈中為德操留出地方來；克己是叩道求知的必要途徑和方法。但一味的克己也不妥，情緒的喧泄也當有必要的途徑和時機，這因時因地因人而宜，過與不及均不合適，惟取中庸而已。

　　人生難免缺憾和不圓滿，這是必然會出現的事情；隨遇而安不失為調節心態的一種方法。

　　人生固當猛進，只是不可只為名利，而是要有高遠

的志向支撐，這是人之所以為人的第一標誌。

人生固會遭受挫折甚至災難的打擊，但最重要的是從挫折和災難中奮起，繼續前行的路，而從失敗中所學到的是萬兩黃金也買不到的真知識和真學問。

苦難在當時是一種受罪，事後卻成了我們人生中的不可多得的寶貴財富。

耽於安樂的無所事事，實際上是一種罪過。生活必須有高遠的理想和目標支撐，否則我們將淪為動物而不是作為萬物之靈的人類。

上帝就是道，道的人格化就是上帝或謂神。道是宇宙的本源和初始。上帝是光，是愛的完全，是真理的絕對本體。叩道求知與信奉上帝，從終極意義上來說，都是一體的或謂相同的。道是自化的，絕對精神的真理本體也是在不斷向前發展的，因此，上帝不是靜止不動的神，而是不斷學習和進步及自化的永恆的精神實體。道的本體是唯一的，神或上帝也是唯一的，我們稱之為耶和華，事實上，基督教中的上帝和伊斯蘭教中的真主都是指的同一位真神，只是稱呼的不同而已。

愛恨情仇，誰人不有，惟智者可統攝駕馭之。

人生的第一大事是做個好人，更高層次的要求是做個高尚而純粹的人，最高層次的要求是做個聖人。名利不是人生貴賤的分水嶺或試金石。靈魂的高貴和純潔才是衡量一個人的標尺。

人盡其才，人的天賦和能力各不相同，大小不均，只要盡力為社會作出了全部的努力和貢獻，就可以問心無愧，而不要太計較各人貢獻的大小和價值，這樣的比較是不合理的，因而也是沒有太大意義的。

貧窮固然不好，不義的富不可取也，那是以人格和德操的失落為代價的。

名利易引人入於敗壞，因此必須慎重待之，切莫妄取。

淡定的情懷是高貴的，因而是值得推崇和提倡的。

沒有精神支撐的人生是多麼可悲啊！

歲月的流逝常引起傷感，惟君子及智者可以泰然處之，因為他們明瞭人生的意義和價值之所在。

環境對人的影響是巨大的，長在風口的樹常扭曲變

形，人生也是如此，過於嚴酷的環境常引起人性人格的異化乃至崩潰，這是社會的惡劣所引起和造成的。

人固然應適應社會，但要看是什麼樣的社會；一個罪惡橫行的社會，該如何叫一個老實和正派的人去適應呢？做好人為社會所不容，做壞人一則他做不來，二則也不為他自己的良心所允許，可以想見，其最後的結果，很可能是這個人精神的崩潰，成為一個精神病人。這不是個人的錯誤和罪過，而是不健全的和黑暗的社會的罪惡。

罪惡常偽裝成道德，我們必須用慧眼去識別。怎樣煉就慧眼，就像孫悟空的火眼金睛是在太上老君的煉丹爐裡煉出來的一樣，我們要持有一雙慧眼，也只有在火熱的社會實踐中加以磨練出來，此外並無捷徑。

心靈的美好直接影響一個人的氣質，會使人顯得漂亮而美好，這也是美容的妙方之一，特別對中老年人適用，因為這時候青春的美漸次消退，精神和氣質是支撐其容貌的主要依據，而精神和氣質則取決於人的心靈的狀態和美好的程度，有些人顯得端莊大度，有些人則顯得卑瑣不堪，原因就在於此。

欺騙是一種罪惡，但這個世界上欺騙是何其的多

啊，善良的人們務須警惕，免得中了豺狼的詭計。

人生有苦有甜，惟智者可以超脫而達悟，但達悟的程度有大小深淺的不同，出世間智就是這樣產生的啊，這也是宗教興起的重要原因和根由。

奮鬥可能會不成功或失敗，但這樣的失敗總比不事進取的怠惰要好得多、高貴得多，因此奮鬥應是人生的主旋調，是應大力提倡的。但為什麼而去奮鬥，奮鬥的動機和目的是什麼，這裡有巨大的質的差異。為個人的名利而去奮鬥是低程次的，為正義和公道去奮鬥才是高程次的，因而是值得大力提倡和鼓勵的。

高貴不是源於金錢地位，而是源於純潔美好的心靈。

在上帝眼裡，義人是那些富含德行的人，是那些堅持公平正直而絕不出賣靈魂的人。

人生一如履浪，運勢和情緒時有高下起伏，惟持達悟二字，可解脫之。人生是有命運的，達悟的人跟著命運走，不達悟的人被命運牽著鼻子走，一個主動，一個被動，其高下立決。有人說不存在命運，這只是說明，他的識見還達不到認識命運存在的地步，而不能證明命運不存

在。但命運在一定程度上是可以改變的，所謂造緣，就是廣種善的因子，以待收取福的果報。種善得善，積德有福，因果循環，報應不爽，或一因一果，或一因多果，或多因一果，或多因多果，此未可盡言也。因此人們應該待人為善，己所不欲，不施於人，多做有益於社會和眾生的好事，積德不止，這樣不僅有助於社會的和諧和進步，而且有益於個人和家庭的福祉。

魔鬼總想引誘人們犯罪作惡，妄圖把人引入地獄，不能獲得拯救。所謂罪，就是上帝眼裡的不義和壞事；所謂惡，就是善的對立面和相反物，是有害於社會和眾生的事。上帝是立法者，又是最終的審判者，上帝是公義的天平，必按各人所思所行公正地對待他們。天國是上帝為義人預備的住所和永恆的家園及獎賞。

在追求善和義的道路上，在追尋人類靈魂得救的道路上，在追求天國永生世界的道路上，各大宗教所持的法門不同，所走的道路不同，但終點站都是一致的——指向上帝的國。譬如若干人各自從廣州到北京去，各自所選的路線不同，有人經過杭州，有人沒經過杭州，有人以南京為中轉站，有人以上海為中轉站，有人走到濟南，累了、走不動了，有人已走到了天津，累了、走不動了，也有人

幸運地直接到達了首都北京，有人乘汽車，有人乘火車，有人乘飛機，有人步行，還有人從海上乘船北上，沿途經過寧波、青島，情況各不一致，不可一概而論，但他們的目的地都是北京，因為那裡是首都。各大宗教的情形也是如此，佛教有西方極樂世界等多個往生的樂土，道教有神仙的世界，但這些佛的世界和神仙的世界相對上帝所設立的天國世界來說，都是一些半路上的中轉站，就如濟南和天津相對於北京而言的一樣。但所謂「條條大道通羅馬」，各大宗教的努力是應該得到尊重和肯定的，只是他們應該在休息養足精神之後繼續前行，向上帝的天國世界進發，直到最後的永生樂園。因此各大宗教的關係，就有如兄弟姐妹，有作兄長的、有作弟妹的，大家均應相互理解、相互信任和相互尊重，團結一致，互相學習，取長補短，各大宗教的融合，實在是一件不容拖延的大事，宜分步穩固地實施。我們應該長出眼光來，有海納百川的胸懷和氣度，為建立統一和嶄新的普世合一之宗教及教會而不懈的努力，為人類文明及文化的提升和升級作出應有的貢獻，為人類的最終救贖而努力地奮鬥，我想，這是上帝所喜悅並樂於見到的，是合乎最大的義，也是合乎最大多數人及眾生利益的，是合乎天人大道的，是道的發展、發揮和應用。

君子中庸，小人反中庸，作惡逞兇無所不用其極。

邪不敵正，正能壓邪，這是天人宇宙大道所內含的準則，是顛撲不破的真理。

思想及藝文萃語

2011-4-26至2011-5-4

真理是素樸的，是平實而坦蕩的；一似黑夜裡的星光、燈塔或火把，指引前行的路。華而不實的東西，均離真理太遠。嘩眾取寵均屬雜種。真理與偏誤常只一步之遙，偏誤中有真理的片斷，只是難以識別。

遐思是人生的權利，沒有想像力的心靈是多麼貧乏和蒼白啊。想像力是創造力的前提和種籽，離開了他，人將不成其為人。人為萬物之靈，務秉靈性清正。靈性，是人生的根本和要害；靈性蒙蔽、蒙昧的人，是多麼可憐啊。悲憫天人，慈善為懷，應是我們大力提倡和發揚的。

不要無謂的抱怨（當然並不是說我們沒有權利抱怨），萬事萬物的發生、開展和銷滅，均有其前在的根

芽、理由和緣故，只是在大多數時候我們不能理解明白罷了。在宇宙無限開展的因果鏈條和網絡上，一切存在的事物事件均有其複雜的多重理由，沒有前因的事物不會存在、出現。因引起果，而此「因」亦是由以前的「果」所引起的。果復生因，因果變覆循環，無有止境。善因必有善果，善果又引起新的善因，此新善因又引起新的善果，而此一輪新的善果在量上和質上已遠勝於前一輪的善果，即是說，因果效因具有放大和增強功能；惡的因果也等同善的因果，具有放大和增強的效應；因此，莫以善小而不為，莫以惡小而為之，是顛撲不破的真理和勸世警世箴言。

緣就是因果的流轉及體現。廣種善因，必得福報。欲求福，請廣種善的因子。

知道就知道，不知就不知，是為智。

萬事萬物，唯中為大，推己及物，過猶不及。

萬物有靈，均須尊重。博愛為懷，是為慧根之始由。

愛為德之基，德是道之用；愛的完備體現德的充足，就是道的圓滿和達成。

　　恨當然有存在的理由，但更重要的是必須以愛勝恨，以善勝惡，以高尚勝卑劣。離開了愛，世界將不復存在，陷入毀滅。愛是全宇宙永恆的、最大的、最高的法則。

　　淡泊和平靜是不易達到的境界，在那裡，思想和智慧閃現迷人的光彩。

　　博學，深思，致用，是成才的三部曲。應學思並取，學以致用。真知卓識從何處來？答曰：「功到自然成，信手可拈來。」往往在不經意間悟得許多智慧的種芽，因此，培養悟性，使心靈達到並保持一種空靈清明的狀態是很重要的，怎樣達到？法門有多種。清心淡泊，不執名利，修心養德，厚以載物，是其要旨。佛家說，由戒生定，由定生慧，理同於此。

　　德操的修養永無止境，任何時候均不可自滿自足。

　　心體欲靜，處事以圓明。心為動主，動乃心用。動靜各得其宜，是為契道。

　　萬物各有其用，均含利弊，因時因地因人不同，惟君子善處之。

物性天然，不可屈也。善識而利用之，可謂智者。

順勢而為，因勢利導，其學甚深，其用甚廣，其益甚大。

浮生如夢，天旅從容。靈魂的得救為人生之第一要義。

人生貴在適興、適意、適志，彼名利者，身外之物也，於我身心何益耶？

人貴處自然無為之道，具無機正直之心，隨緣任運，乃與天合。

厚道為福份之基，淺薄是立身之忌，尖刻趨自削之途。

道或上帝，是推動宇宙運化的第一因。

人生難免缺憾，完美難得，幾不可能。做事當留有餘地，以防意外之發生。遇事亦當看開些，豁達為上，且有益於健康。不要患得患失。

志當取高遠，腳須踏實地，一步一個腳印地向前，持之以衡，終將達到目標。

萬事萬物的開展和生滅，均有其先在和預定的根

由，必在一定的時間展現一定的現象和情節，欲速不達。譬若一粒麥種，適時種到地裡，就必有長成一株麥子的前提和理由，在一定的時節按次序先出芽，後生長，漸次到長出穗子，灌漿，成熟，直至收割入倉，這一切在某種程度上說，都是註定的，都是確定的因果鏈條及網絡上不可背離的東西，都是按先在的原因漸次地生髮和展開的。人生的道理同於此，也是有命運和運程支撐的；當然，在一定程度上，我們自己可以作主，運用自由意志，改變命運，但這須強調兩點，一是命運可改變的程度是有限的，二是所謂自由意志，亦是受命運支配的，沒有不受一定約束的絕對自由，一切的自由均是亞自由，一切的自由意志均是相對的亞自由意志。我們所能做的，是盡可能廣種善的因子，以求福的果報，從而在一定程度上為改變命運創造機會和條件。

　　人類的文明演化有量變、質變，在一定的時刻會上升一個層次，達到一個新的高度和級別，而這一切都離不開道或上帝的幫忙、幫助及恩典。換言之，推動人類文明的進步及發展的最終決定力是道或上帝。

　　人生或事業難免有干擾、艱難和曲折，惟恆心及堅忍之意志可戰勝一切阻滯，成就卓越之大事。

　　君子荷德立身，才為必備，德操先行，德為根基，務必以德馭才，所謂修身、齊家、治國、平天下，漸次實踐，發揚光大，以成事業。達則兼濟天下，窮則善處其身，因時因緣而定度之。至於名利，身外之物耳，事業之副產品也，不必刻意追求，隨緣任運可也。

　　每個人都是獨特的個體，請務必保持個性，此為創造力之根芽，是事業成功之先基。

　　待人以寬，律己須嚴，說起容易，做到卻難，一生堅持如此，實屬不易。

　　心清詩文清，心雅詩文雅，心空靈詩文空靈，心為詩文主，詩文為心之顯及用。

　　求新求異，人之本性，不易過用，否則容易丟失了原先好的根本。古舊的未必不好，早先的未必不如後來的，這並非因循守舊的託辭，而是實事求是的論評。但是，事物是向前發展的，世界是不斷推進變化的，一如長江之水，後浪推前浪，後來者是終會勝過先前者的，這是從總趨勢上來說，從總體上來說的，並不能否定個別的特例，對於這些特例，其先進性是可以在歷史的長河中保持相當長的時期的。

人是命運的玩偶，這是從某一角度和方向說的；人是自己命運的主人，這是從另一角度和方向說的；兩者都是對的；人既要尊重和依從命運，又要發揮主觀能動性，在可能的範圍和程度上盡力地改變我們的命運，使之向好的方向發展、向好的方面轉化，這在一定程度上是可以實現的。

人生免不了苦痛，也免不了艱難困苦，甚至重重災難的打擊，關鍵是要有百折不撓的信心和勇氣，戰勝苦痛、艱難困苦和重重災難的打擊，闖出一條路來，即使有九十九次的失敗也不要氣餒，第一百次就可能取得成功和勝利，人生的輝煌是屬於勇敢的人的。惟有勇者始能達其目標，到達勝利的終點。

堅韌和堅忍為成功之不二法門。毅力是人生極其重要的寶貴財富。

德為立身之本，德業的進修無有止境，一若逆水行舟，不進則退，務當一生努力進前，無使稍有缺欠，有愧人生。

一顆純潔的心靈是多麼可貴啊，就像暗夜裡的星辰，閃耀迷人的光彩，又如引路的燈塔，導引前行的路，

於人生其益巨大，無論如何評價均不為過。惟有純潔的心靈，才為上帝所喜悅，換言之，純潔的心靈是得救進入永生天國的必備通行證。

安逸易生惰怠，發奮始可有為，持之以恆是成功的先決條件和必備條件。

空靈是一種難得的狀態，惟純潔的心靈始可企及之。

世事如雲，隨緣任運，心地朗清，得見靈明。修心事大，一生經營，惜緣造緣，其學甚大。一言以蔽之，積德、行善、博愛、無機而已。

厚重為福德之基，雅清啟智慧之門。

我們必須學會接受缺點、缺項和遺憾，完美是難以實現和長久保持的，在嚴格的意義上來說，絕對的完美是不存在的，萬事萬物如此，人生概莫能外。

詩是用來傳遞和表達思想及美感的，而不是用來表現和展示格律的，換言之，格律是被用來表現詩意和美感的工具，不能顛倒來看。詩可以不受格律的約束，不使用格律這一工具，照樣可以表現詩的美感，能用以表現其美感的工具是多元、多樣的。

心襟未可擾亂，常以靜定為要。

歲月催人以老，惟心態可保年輕，一顆純真的童心是人生最可珍視、最為寶貴的無價財富。

人生如流星劃過長空，只是短暫的一瞬，惟美德可為人們長久記憶，垂為不朽。

人生是靈魂磨歷的旅程，惟有純正而高尚的靈魂才能得救進入永生的天國。

物質是世界的現象和表層，世界的實質和深層是精神，道或上帝是宇宙的創造者，是最高、最終主宰。

思想的自由是人生的第一和最基本的權利，受束縛的思想，就如籠中的鳥兒，其人生是必然的可悲及犧牲品。

文明及文化的第一要義是確保人有思想的自由及權利，這是文明及文化存在及成長最為重要且必備的基石。

沒有信仰的人生，就如同無頭蒼蠅嗡嗡地亂飛，不明瞭人生的意義。而錯誤的信仰將把人生引入歧途，帶來可悲的結果。

　　道德的缺失乃人生中最大的敗筆。沒有道德的生活是可恥的。人之所以為人，是因為有道德的支撐和架構。

　　人為萬類之靈長，人之所以珍貴，就是因為有靈性，因此，人務必珍視自己的靈性，努力發揚光大之，過有靈性的生活，明瞭人生的意義，有正確而高尚的追求，此為人生之要義。

　　動靜各得其宜，靜是智母，澄澈靈明產焉，當以靜馭動。靜是更高形式和內涵的動，動靜合一，歸於道。

　　人生未可急功近利，沉潛為上，合時高鳴，一展身姿。

　　思想是人生的特權，思想者也許是痛苦的，然而從另一角度和另一方面講，他們也是快樂著的。沒有思想的人生該是多麼可憐啊。思想的輝光，映徹了宇宙，支撐了歷史，照亮了前行的路。思想的作用無論怎樣評價均不為過。

思想集萃

2012-6-7至2012-6-15

　　真理是光，也是愛，光無極限，愛也無止境，萬物俱蒙受光與愛的恩典。追求真理的腳步，永恆走在光與愛的氛圍及境界中。世界不是夢幻，因光與愛真實且永恆地存在。光與愛是推動宇宙運化發展昇華二而合一的第一因，及最始最終的決定力量。萬類萬物俱須追求內在心靈的光與愛的充實與飽滿。光與愛是佩受永恆的謳歌及讚美的。宇宙永恆走在進化昇華發展向上的光明且美好的路上。

　　東方文化主靜，偏陰柔，屬陰，分為陰中有陽和陰中有陰，陰中含陰八卦中稱為坤，是東方文化中應努力清除的部分和不利因素；西方文化主動，偏陽剛，屬陽，分為陽中有陰和陽中有陽，陽中含陽八卦中稱為乾，是西方文化中應努力發揚光大的部分和有利因素，亢龍有悔則須防止，陽中含陰也不好，應努力去除這部分陰邪。東西文化相互依存，互為補充，合為一體，才是人類文明的發展方向和必經之路。天行健，君子以自強不息。動起來，才是人類文明發展的當務之急和永恆法則。

　　天地之大美曰和，天地之大德曰生。

　　文化貴在創新，這是文化發展的生命力所在，復古屬

陰，創新為陽。陽必須勝過陰，因此文化的前途在於恆久的創新，換句話說，不斷地創新，是文化發展昇華的命脈所在。

幹大事可以不計小節，但千里之堤毀於蟻穴，這也是必須著重加以提醒和預防的，否則不計小節可能引發較大、甚至是毀滅性的後果，所以可以說不計小節決不能成為怠惰甚或放蕩的藉口。

萬事萬物均應適度而行，過與不及均不可取，當仁不讓也是好的，應毅然承擔起自己所應承擔的愛與道義的責任來，這樣世界才會變得更為美好，也惟有這樣，世界和人生才會不斷上進，步入更為輝煌燦爛的境界和層次。天行健，君子以自強不息，是世界和人生的主旋律和格調。

神做事是從心而為，道化自然。人做事為人應努力追求上進以達到天人合一的境界。

文化的創新是量變，到達一定程度必引起文化的質變即新文化的誕生與創造，新文化必拋棄舊文化的眾多缺點與錯誤而昇華至一個全新的高度與級別，而文化的創新與創造永無止境，不斷向上，直到永遠永遠。

誠敬上帝的人有福了，因為神必與他們同在直至永遠！聖父聖子聖靈是三位一體的，各司其職，和同為一。天國的大門是敞開著的，凡一切盡力追求公義、良善、正

直、美好的人及一切受造之物均有進入上帝之城的機會和
榮耀，只是那些過於作惡的人有禍了，因為全能的上帝必
按各人所行的賜予各人，並且分別為聖，使聖潔的與污穢
的遠遠地分開，聖潔的必使其更聖潔，污穢的就丟入永恆
的黑暗中形神俱滅了。世界是永恆向上進步的，凡得以進
入聖城的人必蒙神的祝福及恩典，直到永永遠遠。世界的
希望更在於青年人，他們朝氣蓬勃，興旺發達，如同早晨
的太陽一樣。孝敬父母，這是人倫最基本的本份，做兒女
的務當銘記在心，努力作父母的好兒女，體貼父母的心，
報答養育之恩。

　　關於各大宗教的關係問題，如同一隻飛向幸福自由王
國的和平鴿，基督教為領頭，佛教和伊斯蘭教為兩翼，道
教為斷後鎮壓一切邪氣的尾，四大宗教合成一體即和平鴿
的整個身體，和平鴿衝決一切阻撓，自由地飛翔，飛向至
高父上帝所應許的至為美好的國度即天堂，凡進入這國度
的人有福了，因為他們必承受至高父上帝所預備的永生，
而文明的發展恆是向著更高、更遠、更好、更美的方向永
恆發展，不斷向上，直至永遠永遠。願榮耀、珍貴、讚
美都歸於至高的父上帝，歸於聖父聖子聖靈三位一體的格
局，國為這是宇宙中最高最大最久遠的權能。

　　世界是由矛盾關係組成的，也是由因果關係組成的，
矛可視為因，盾可視為果，矛盾無時不在、無時不有，因

果也無時不在、無處不有，有主要矛盾的存在，也有眾多次要矛盾的存在，同樣，有主要因的存在，也有眾多次要因的存在，你用了矛，被刺方就會用盾來抵擋你，同樣，你啟了一個因，就必產生相應的果。矛盾關係與因果關係的對比，也存在著不完全一致的方面，比如說一支矛刺出通常只會有一只盾來抵擋你，而一個因可能產生一個果或多個果，也會有多個因產生一個果或多個果的情況發生，細論起來，問題是相當複雜的，也是難以釐清的，世界就是這樣，是由無限矛盾和因果編織成的超巨型網絡。也會有特殊情況的發生，如蝴蝶效應，即一點不起眼的因可能引發超巨大的果。或者有人會說，如果一方用矛，另一方未用盾來抵擋，而是任由用矛方去刺呢？就像《聖經》中所說的，有人打你的左臉，你就把你的臉轉過去，連右臉也由他打，應當說這是特殊情況，如果引入因果關係來解釋，因必產生果，善因最終必得善果，惡因最終必得惡果。輪迴是存在的，如同一張見不到的無形巨網，要想超出輪迴，就要撕裂這張由因果組成的網，所以說，修行的起點是善心的發動，積小善而得大福報，量變終將迎來質變，善因積累到一定程度，必產生不可思議的福報，可以超脫輪迴，成為像各大宗教所說的那樣得到永生，從而完全徹底戰勝死亡的毒鉤。

　　萬教當歸並為一，就是新基督教，充分發揚光大和

平、正義、仁愛、自由的宗旨，奮力開拓，努力把我們這個新世界建設得更美好，人類文明恆是向著更高更遠更強更美的方向永遠進步，不斷向上。

新基督教就像一個朝氣蓬勃的人，其頭就是由耶穌所創立的以十字架為標記的舊基督教，佛教和伊斯蘭教為兩臂及兩手，道教為人的雙腿及雙腳，人的軀體由各宗教和合而成，人的血通過心臟的搏動流布全身，因此各宗教應相互學習，取長補短，通力合作，和同歸一。新基督教所造就的新人，應該而且必然是一個大寫的堂堂正正、健康活潑的人，有著新的靈性，有著光輝燦爛的前途和未來。

思想感悟

2013-9-25至2013-9-28

美德，惟有美德，才是世上最珍貴的財富。私欲若懷了胎，就生出罪來，罪的發展和氾濫就帶來墮落。務必收斂身心，防微杜漸，謹小慎微，克始成終。

人生當樂於奉獻，不可貪吃貪得，勤儉節約恆為美德，但也不宜太過，過與不及均不宜，吾取其中而行之。以德化人運天下，無往而不利。

人當以真面目示人，偽飾乃是一種罪惡。

人務持有感恩之心，知恩圖報理所必然。

活在當下，持無分別心，不執於相，相不可執。

人當確立主體意識，引起自我變化的主體是自我，自我是內因，環境條件是外因，內因為主，內因與外因共同起作用。

我為人人，人人為我，努力為人民服務應是我們每個人的工作宗旨、奮鬥目標及畢生任務。

歷史是由時間流構成的，在多維空間中展開，而時間流表現為相的連貫與流動，真實性與虛幻性並存體現為一體兩面。

思想片語

2014-5-8至2014-7-22

木秀於林，風必吹之；行高於世，眾必毀之；千古世訓，垂為格言。

逆淘汰是人世間不爭的事實和悲哀，表現了我們這個世界黑暗和罪惡的一面。

艱苦卓絕的人生是一座巨大的熔爐，百煉成金，經受過試煉的人是有福的，因為他們必稱為義，是上帝的寵

兒。

苦痛是人生不可避免的伴生物，可以催生出思考和思索，結出的果實就是思想。

人生時有迷茫和迷惘，要努力穿越陰霾和霧障，追求光明的陽光和天堂。

世界是永恆發展著的，卻不是一直前進和向上著的，時有倒退和反復；儘管向前和向上是世界發展的主旋律和必然規律。

人生時或遇到誘惑和欺騙，這都是魔鬼的作為，意欲引人入於迷途，犯罪墮落，陷於深淵，不能得救。

努力追求光與愛的人是有福的，因為世界的前途就在於光與愛的不斷發揚和光大，直至永遠和永恆。

天時有陰晴，人生同於此理，要堅定信念，努力追求真善美，因為義人是上帝所喜悅和保佑著的。

人生不過百年，生命的意義在於經過塵世的磨難和試煉，完成道德的淨化和良知的完備，拿到進入天國的通行證和門票。

唯物主義是不健全的，只追求物質層面的東西會引發人道德的忽視和墮落；心物一體，唯心主義統唯物主義。

世界和宇宙似乎是物質的，然而在較高級的層次上來

說，卻是屬於精神的。從根本上來說，宇宙是精神統和支配下的表現為五光十色的物質世界。

有人懷疑上帝的存在，我可以明白的告訴你，上帝是道的別名，是一個不可思議的靈和生命的最高存在形式，不是屬於我們通常所說的物質存在形式和範疇，因而肉眼是不可見的。

有人懷疑魔鬼的存在，我可以明白的告訴你，魔鬼是罪惡的別名和化身，是我們這個世界和宇宙中存在著的一種邪惡的信息流和能量流，是一種特殊的生命存在，有時我們從某人的眼睛中看到邪惡和惡意，那就是魔鬼鑽進了人的心靈，就是魔鬼存在的確證明。有時我們說某人一臉猙獰，為什麼會表現出猙獰的惡相，就是因為魔鬼佔據了那個人的心靈，引誘那個人去作惡，犯罪墮落，陷入罪惡的深淵和地獄，歸於死亡和滅絕。

從心改變，做我自己。矢志向上，掠越天蒼。征程萬里，榮歸天邦。靈性清揚，頌父永長。

放心而為，任意行動，契合天道，其樂融融。

國家圖書館出版品預行編目資料

青葭集 / 汪洪生著. -- 初版. -- 臺北市：博客思，2015.1
　　面；　公分. -- (當代詩大系；9)
　　ISBN 978-986-6589-42-3(平裝)

851.486　　　　　　　　　　　　　　103023916

當代詩大系 9

青葭集

作　　者：汪洪生
編　　輯：張加君
美　　編：常茵茵
封面設計：常茵茵
出 版 者：博客思出版事業網
發　　行：博客思出版事業網
地　　址：台北市中正區重慶南路1段121號8樓之14
電　　話：(02)2331-1675或(02)2331-1691
傳　　真：(02)2382-6225
E - MAIL：books5w@yahoo.com.tw或books5w@gmail.com
網路書店：http://www.bookstv.com.tw 、華文網路書店、三民書局
　　　　　http://store.pchome.com.tw/yesbooks/
　　　　　博客來網路書店 http://www.books.com.tw
總 經 銷：成信文化事業股份有限公司
劃撥戶名：蘭臺出版社 帳號：18995335
香港代理：香港聯合零售有限公司
地　　址：香港新界大蒲汀麗路36號中華商務印刷大樓
　　　　　C&C Building, 36,Ting, Lai, Road, Tai,Po, New,Territories
電　　話：(852)2150-2100　傳真：(852)2356-0735
總 經 銷：廈門外圖集團有限公司
地　　址：廈門市湖裡區悦華路8號4樓
電　　話：86-592-2230177　傳真：86-592-5365089
出版日期：2015年1月 初版
定　　價：新臺幣280元整（平裝）
ISBN：978-986-6589-42-3(平裝)